플라멩코
이야기

플라멩코 이야기

엮은이 | 김준형
발행일 | 1판 1쇄 2007년 6월 24일
발행인 | 김윤태
발행처 | 도서출판 善
디자인 | 디자인 광

등록번호 | 15-201
등록날짜 | 1995. 3. 27

주소 | 서울시 종로구 낙원동 58-1 종로오피스텔 314호
전화 | 02-762-3335   팩스 | 02-762-3371

ISBN 978-89-86509-96-0 03810

플라멩코 이야기

The story of Flamenco

김준형 지음

산

두 분, 어머니 아버지의 영전에 이 글을 올리며

모든 아름다운 것과 모든 어두움을 일깨워 준,
세상 그 어디에서도 다시는 있을 수 없는,
어느 사랑의 이야기.

그 밝은 빛으로 나의 삶을 뒤흔들고,
이렇게 다시 그걸 거두어 가버리다니.
아, 삶은 이토록 어둡기만 할까 !
나 이제 살 수가 없어, 너의 사랑 없이.
어느 지난 사랑의 이야기

〈Es la historia de un amor
  como no hay otro igual
  Que me hizo comprender todo el bien, todo el mal.

  que me dio luz a mi vida
  apaga'ndola despue's!
  Ay, que' vida tan oscura!
  Sin tu amor no vivre'
  Es la historia de un amor······〉

스페인의 한 애송시 '어느 사랑의 이야기(Historia de un Amor)' 중 마지막 부분인 위의 이 구절이 마음에 드는 이라면 지금부터 이어질 이 글, '깊은 노래'-한 여행자의 플라멩코 이야기-의 리듬과 소곤거림에 귀를 기울여보기를 권한다.

혀끝에 닿는 이 시의 달콤하고 쓰디쓴 사랑의 절망감을 이 글 속의 여행자가 앞으로 들려 줄 플라멩코 노래와 춤의 이야기를 통해 더 진하게 맛보게 될 것이다.

'우물보다, 그리고 바다보다 더 깊은 플라멩코는 첫 입맞춤과 첫 흐느낌으로부터 나온다'는 플라멩코! 그 노래와 춤에 담긴 집시들의 치유할 수 없는 내면의 상처, 빛과 색채에 대한 그들의 맹목적 열정 그리고 자유에의 식을 줄 모르는 갈망이, '삶의 덧없음을 알면서도 인간에 대한 신뢰를 잃지 않는' 우리 모두의 실존주의적 고통에 다름 아니기 때문이다.

스페인의 마드리드와 안달루시아 지역을 떠도는 이 여행자의 뇌리에 끊임없이 떠오르는 얼굴들-로레나, 제이, '그녀' 등-은 어떤 특정의 인물이라기보다, 안달루시아 지역의 이국적 선율과 율동에 ,특히 옛 도시 헤레스의 포도주에 유혹될 독자 자신이나 혹은 그들의 친구들임을 점점 깨닫게 될 것이다.

그 뿐이 아니다. 깊은 밤 그라나다의 한 호스텔 합숙소에 누운 여행자를 잠 못 이루게 여러 상념들—알람브라의 가파른 성벽의 전설, 동굴 카페에서 본 집시 댄서의 격렬한 몸뒤틀림의 춤동작, 그리고 이 여행이 끝나면 다시 돌아갈 땅의 그늘에 숨겨진 어느 화가의 그림 '영원의 뜰', 문득 문득 들리는 먼 과거로부터 들려오는 히말라아시다 언덕의 바람소리, 그리고 댄서 로레나 마론너의 부드러운 손길의 아브라죠(그것은 내 육신의 허기와 갈증을 달래주었던 그래샴 동산의 불렉베리 맛이다) —등등을 함께 느끼며 잠자리를 뒤척거리게 될 수도 있을 것이다.

포도주 향기가 밤 공기 속에 가득한 헤레스(jerez)의 집시 타블로에서 이 여행자가 무희들의 유혹적인 플라멩코 춤에 취할 때 순간 순간 머리에 떠 오르는 한 남자의 선한 자폐적 시선너머 위의 그 스페인 시구가 겹쳐짐은 무슨 이유인가? 혹시 '그녀'의 검은 응시 속에서 돈 호세의 치명적인 질투심을 자극하는 카르멘의 시선이 연상되기 때문인가?

모르긴 해도 이런 물음들이 독자들의 가슴속으로 파고들며 끊임없이 이어질 것이다. 글 속의 이들 인물들의 덧없는 긴 열정, 소곤거림의 짧은 반짝임 또는 먼 곳의 거부할 수 없는 손짓들은 곧 우리 모두의 내면에 잠재된 어떤 동경의 삶의 빛과 그늘을 그대로 담고 있는 것이다.

'나'를 따라 한 밤 그라나다의 플라멩코 카페에, 혹은 포도주의 도시 헤레스의 집시마을의 골목길에 들어서면 플라멩코의 '깊은 노래'인 시규리어 또는 솔레아를 부르는 소리꾼의 목소리가, 그 깊고 어두운 절망의 거친 목소리가, 판소리 심청가의 부녀 이별가 대목이 그런 것처럼, 그리고 디오니소적 율동의 그 '깊은 춤'은 살풀이 춤이 그러하듯, 우리들의 몸과 마음을 달빛 가득한 듀엔데의 밤바다 속으로 빠져들게 할 것이다.

플라멩코의 '깊은 노래'는 어딘가 판소리 심청가나 춘향가를 떠올리게 한다. 소리꾼의 거친 쇳소리와 그 고유의 표현주의적 창법에서 그렇다. 악보에 담기지 않는 곰삭은 소리에 담긴 슬픔이 깊어 그렇다. 그리고 플라멩코나 판소리 공연에서 청중은 그냥 자리만 지키는 구경꾼이 아니다. 그들은 소리꾼과 상호작용을 통해 관객과 소리꾼이 하나가 되어 호흡을 함께 나눈다. 소리나 춤이 이어지는 순간 순간 '올레' '부라보' 등의 집단적 탄성이 무대 위 아래서 물결을 이룬다. 기독교의 어떤 열띤 종교집회나 기도중에 홀 안 여기저기서 터져 나오는 '할렐루야!'의 소리가 그러하듯.

그렇지만 플라멩코와 판소리는 그 귀결점이 서로 다르다. 우리들을 울리는 심청가나 춘향가가 모진 고난 뒤에 낙천주의적 밝은 화해로 그 끝을 이루는 것과는 달리 예각성의 비극적 분위기가 현저한 플라멩코의 경우, 포도주에 젖은 그 거친 절망의 외침은 아득히 아득히 사라질 뿐이다.

스페인어를 잘할 수 있었다면! 단지 색채나 빛으로 빚어진 그 소리뿐만 아니라, 그 소리를 타고 흘러나오는 언어적 아우성 속에 든 내밀한 의미들까지도 다 마음에 느껴질 수 있다면!

나는 진기한 보석들이 숨겨진 동굴의 입구 앞에 서서 그 동굴 문을 열 수 있는 암호를 알지 못해 그 주변을 맴돌기만 하는 나그네였을 뿐이다. 마드리드의 중심에 위치한 팔라도 미술관에 이르는 대로변의 헌 책방안에 박혀있는, 의미를 알 수 없는 진귀한 스페인어 서적들 앞에서도 그렇게 맴돌았다.

끝으로 이 글 '검은 노래' – 한 여행자의 플라멩코 이야기– 는 필자의 2002년의 산문집 '여행 그리고 깊은 노래'에서 이미 그 시작이 예고되어 있다. 그 책의 머리 글에 피력된 '다음 행선지는 스페인의 안달루시아와 지중해가 되었으면', 하였던 염원이 그것이다.

그런 의미에서 이번 스페인으로의 플라멩코 여행은, 아래에서처럼, 4년 전 북미대륙 횡단 중에 꿈꾸었던 그 몽상의 길따라 나선 여심의 또 다른 족적들일 것이다.

4개월의 여행길 내내
사막의 수도사처럼
단순한 마음으로
때로는 열망으로
때로는 두려움으로
밤과 낮을 만났다

차례

1. 아이! 아이! Ay!

플라멩코의 소리꾼 마놀로 까라꼴이 부르는 깊은 노래 '시규리아'의 첫 도입부를 들으면 그 목소리, 아이! 아이! 아이!의 거친 목소리이 물결이 해거름의 낯선 땅에서 이를 처음 듣게 된 한 여행자에게 어떤 경이감을 불러일으켰을지 짐작되리라.

Raúl Rodríguez, Son de la Frontera

까라꼴은 기타 연주자의 손끝 아래 반짝이는 선율의 이슬방울들로 조용히 목을 축인 뒤, 푸른 빛 도는 아득함의 거친 외침으로 노래를 시작한다. 그는 이 영탄의 구음을 40초 가량이나 길게, 그리고 중간에 그 흐름을 한 두 번의 짧은 침묵으로 끊으며 토해놓은 다음에서야 비로소 노랫말의 첫 머리인 'Cuando yo'로 넘어간다.

내 죽을 때
네게 간절히 부탁하노니,
너의 검은 머리다발로
내 두 손을 묶어 다오.
......

　카라꼴의 이 시규리어를 듣는 이 가운데 혹시 우리의 판소리를 좋아
하는 이가 있다면 모르긴 해도 그는 아마 수평선의 끝으로 사라져가는
이 시규리어 외침의 물결 앞에서 문득 안숙선이 구음시나위 마당에서
뽑아내는 무가사의 구음 한 소절이 연상될 것이다. 때로는 높푸르고,
때로는 낮은 잿빛으로 번져나오는 그녀의 허허로운 소리가!

　소리꾼 까라꼴의 그 긴 아이! 아이! 아이!의 절규는 일정한 단음으로
이어지지 않고 색과 선이 다양한 추상의 소리 무늬를 이룬다. 이 물결
치는 구음의 긴 이어짐이 중간 중간 순간적으로 끊어지며 이루는 짧은
예리함의 침묵들!

　그 예리한 침묵의 칼날을 두고 플라멩코의 고장인 안달루시아 출신
의 시인 가르시아 로르카는, 자신의 혼이 어떤 검은 고요의 블랙홀 속
으로 빨려든 듯 했다고 피력한 적이 있다. 한없이 이어질 것 같던 긴 탄
식의 소리가 돌연히 끊어진 한 순간, 그 고요가 이 시인의 심안에 순백
의 백합꽃 한 송이로 형상화되어 그 아이! 아이!의 탄식의 물결을 하늘
위로 높이 띄어 보내더라는 것이다.

언젠가 한번 cd로 듣는 이 소리 앞에서 신기하게도 짙은 코발트색 하늘을 향해 뒤틀리며 솟아있는 오베르 교회(반고호의 그림)을 내 심안에 떠올리게 하던 까라꼴의 그 시규리어 노래를 이 시인은 바흐의 첼로 곡과 견주며 다음의 말로 표현하기도 하였다.

> '굽이치는 그 멜로디의 물결은 그 시작이 꼭 바흐의 첼로 곡 같다, 의미하는 바는 서로 다르지만, 바흐의 끝없는 멜로디는 둥글다. 그의 악음은 반복적으로 끝없이 이어지며 원을 그린다. 이에 비해 플라멩코의 시규리어 노래의 경우, 그 멜로디가 수평선 쪽으로 사라져 버린다, 우리들의 영혼이 도달할 수 없는 어떤 먼 끝점으로.'

플라멩고의 깊은 노래중의 하나인 이 시규리어를 내가 처음으로 들은 것은 7년 전 9월 어느 날이었다. 미 서북부 지역의 도시 포틀란드의 한 야외 공연장에서 한 칸타오르(남자 플라멩코 가수)의 목소리를 통해서였다. 내게는 생소한 음색의 그 긴 이국적인 절규의 소리, 아이! 아이! 아이!에 나는 두 눈과 귀를 송두리째 빼앗겼었다. 그 순간 자신도 모르게 눈시울이 뜨거웠었던 것은 아마도 나의 내면에 오래도록 자리 잡고 있었던 어떤 상처의 덩어리가 녹아내리기 시작한 탓이었으리라.

샤갈의 그림에 감탄했던 작가 장 그리니에는 그 순간의 마음을 아래와 같이 기차게 표현해 내고있다.

> '그 어떤 것도 우리의 마음을 표현하지 못한다. 말도 행동도 그리고 어떤 이미지조차도……

하지만 때때로 하나의 외침소리가 우리를 해방시켜준다'

그날 어둠이 깔리는 플라멩코 공연장을 떠날 즈음 홀연히 뭉크의 그림 '절규'가 뇌리를 스치던 기억이 지금도 생생하다. 두 손을 양볼에 댄 한 인물이 몸을 뒤틀면서 두 눈을 크게 뜨고 소리지르는 그 핏빛 석양의 그림…… 내 옆 자리에 앉아 플라멩코 춤을 설명해주던 한 백인 중년 사나이의 많은 사연이 담긴 듯한 시선과 그리고 휠체어에 앉은 그의 딸이자 유일한 식구라는, 한 지체 장애자 노처녀의 어눌한 입놀림이 떠오른 탓이었을까?

춤으로는 거의 표현되지 않는다는 이 시규리어 노래는, '동굴의 카루소'라고 불리던 이 소리꾼 카라꼴이 그의 어둡고 거친 음색의 목소리에 담아 토해낼 때 가장 감동적이었다고 한다. 그 어원적 의미가 우리말의 '탄식'에 해당되는 이 시규리어는 플라멩코 노래의 진수로서 지난 날 피할 수 없는 불행한 죽음과 불운에 심신이 찢기고, 때로는 치명적인 사랑이나 배신에 의해 성처받은 안달루시아 집시들의 억누를 수 없는 외침이었던 것이다.

참, 이상한 일이기도 하다. 내가 어느 틈에 플라멩코 춤꾼들의 친구가 되어 있다니. 그리고 플라멩코의 독무나 우리의 살풀이 춤이 주는 그 취기는 또 어떻구. 낯선 여행지에서 처음으로 들은 그 외침의 소리 파동이 나의 내면 깊숙이 파고들면서 그 이전까지는 전혀 예상치 못한 방향으로 내 삶을 이끌어가다니. 한 노천 광장에서 일몰의 햇살을 뒷등으로 비스듬히 받고 앉아 들었던 그 소리가!

나는 다음 해에 그 외침의 아이! 아이! 아이!를 처음 들었던 포틀랜드로 다시 날아갔었던 것이다. 이상하게 들릴지 모르겠지만 그 소리가 내게로 향한 거역할 수 없는 부름이었다면 누가 믿을 수 있겠는가?

어쨌거나 그렇게 홀려 다시 찾아 간 그 도시에서 이 글 '한 여행자의 플라멩코 이야기'의 중요한 등장인물인 바일라오라 로레나를 뜻밖에 만났고, 급기야는 그녀의 풀라멩코 그룹에게 김민기의 '아침이슬'을 소개함으로써 그 노래가 그들의 'aire' 플라멩코 공연에 중요한 레퍼트리가 되었던 순간이, 그리고 그 지역 신문 포틀랜드 트리뷴에 크게 오른 기사의 가슴뛰게 하던 그 제목이 지금도 눈에 선하다.

Korean song fits Spanish steps
한국의 노래, 스페인 춤과 어울리다.

그 후 5년이 지난 2005년 겨울 그 로레나가 이 곳 한국으로 날아와 경남의 마산과 함안에서 '아침이슬'을, 아래에 인용된 오마이뉴스 기사의 글 토막이 밝힌 바 처럼, 플라멩코의 깊은 춤으로 표현하기에 이르렀다.

'스페인 집시들의 깊은 슬픔과 오랜 한이 아침이슬처럼 올올이 피어나는 스페인 민중예술 플라멩코 공연이 경남 함안과 마산에서 펼쳐진다. '스페인 음악과 플라멩코의 밤'이라는 제목이 붙은 이번 공연은 우리나라에서는 처음으로 선보이는 스페인 민중예술 한마당이자 정통 플라멩코 댄서 로레나 마론느가 김민기의 노래 '아침이슬'에 맞추어 춤을 춘다는 점이 특징이다.'

그 뿐만이 아니다. 스페인의 헤레스 출신의 바일라오라 사샤까지 이 곳 마산에 와 근 열흘이나 나와 만나며 플라멩코 워크샵을 가지게 된 것도 그렇다. 그리고 그 뒤를 이어 멀리서 손짓하는 마드리드로 나의 긴 비행이 시작되고.

나는 그렇게 스페인으로 빨려 들어가게 된 것이다. 그 소리 아이! 아이! 와의 만남이 아니었다면 이 여행자가 여행길 내내 밤마다 포도주와 플라멩코에 취하고자 찾아들었던 스페인의 여러 고도들이 아마도 여전히 낯선 땅으로 남아 있을 것이다.

우리들은 살아가는 동안 이처럼 삶의 진로를 자신의 의지와는 상관없는 방향으로 흐르게 하는 어떤 운명적인 만남을 겪게 마련인가 보다.

jh

2. 아침이슬을
플라멩코로 춤추다

지난 해 겨울 함안과 마산에서 처음으로 펼쳐진 플라멩코 공연 때의 일이다. 막 올릴 시간이 되었는데도 객석이 차지 않아 저으기 애를 태우고 있던 중 무대 아래 객석에 있던 Mimi 선생이 내게 무대에 올라 시간을 좀 끌라는 신호를 보냈다. 썰렁하고 어수선한 객석 분위기부터 먼저 바꿔놓으라는 것이었다.

내가 공연 시작 전에 무대에 올라 20여 분을 벌지 않았다면...... 생각만 해도 아찔한 순간이었다. 그녀의 순간적인 재치에 지금도 나는 고마움과 감탄을 금하지 못한다.

아닌게 아니라 그녀의 충고대로 내가 급히 무대 앞에 서서 플라멩코에 관한 이야기로 한 15분 정도를 메울 즈음 신통하게도 객석이 알맞게 차게 되었다. 한 겨울이라지만 그날 따라 칼바람이 얼마나 매웠던지!

아래의 글은 막이 오르기 전 관객들앞에서 그 아찔한 빈 순간을 메운

나의 인사말－플라멩코에 대한 해설과, 그리고 이번 공연에서 특히 아침이슬을 플라멩코의 깊은 춤으로 표현하게 될 댄서 로레나 마론너에 대해 소개한 내용－을 요약한 것이다.

......

관객 여러분 만나 반갑습니다.

스페인 남부 안달루시아 지방의 집시문화인 플라멩코의 춤과 노래 그리고 기타 연주가 오늘 여러분의 마음에 달콤하고 아프게 파고들 것입니다. 끊임없는 이어짐과 순간적인 끊어짐의 역동적인 자빠테아토(발구르기). 관객의 호흡을 멎게하는 무희의 검은 시선. 출렁이는 긴 스커트 자락의 눈부신 돌풍적 선회, 그리고 기타리스트의 손가락이 빚어내는 마법적인 소리의 선과 색채 등등....

조금 있으면 여러분들은 이런 시청각적 요소들이 불러일으킬 플라멩코 특유의 영적 취기를 느낄 수 있을 것입니다. 플라멩코의 발생지 헤레스에서 춤과 연주솜씨를 전수한 댄서 로레나 마론너와 기타리스트 마크 퍼거슨이 오늘 이 자리에서 여러분을 안달루시아 집시들의 춤과 리듬에 취하게 할 것입니다.

소리꾼 카라꼴의 목소리가 '깊은 노래' 중의 하나인 시규리어에 어울리듯 오늘 이 자리에 오를 춤꾼 로레나의 몸은 '깊은 춤'의 하나인 솔레아 독무에 잘 어울립니다. 특히 한국 민중의 노래인 김민기의 '아침이슬'이 그녀의 솔레아 춤으로 표현될 때 더욱 그럴 것입니다. 그녀의 육체에서 품어져 나오는 중후한 기품 때문입니다.

바일라오라 로레나는 우아한 손길로 펄럭이는 긴 치맛자락을 다독이면서 점점 빨라지는 자빠테아토에 자신의 몸과 마음을 집중해 갈 것입니다. 그녀는 솔레아를 그렇게 춤추기 시작할 것입니다. 화려하지 않으나 열정적인 단순성으로 그리고 영적 고양감이 가득한 표정으로! 그때 그녀는 마치 신들린 무당처럼 자신의 춤에 몰입할 것입니다. 그녀의 절제된 몸짓이 이루는 선과 색채의 율동이 우리 모두의 내면에 담긴 어떤 억누를 수 없는 열망과 아픔을 건드려 놓을 것입니다.

우선 플라멩코 춤의 특성에 관해 한마디 피력하는 게 좋겠군요.

플라멩코의 춤(baile)은 클래식한 발레(ballet)와는 대조적입니다. 본질적으로 발레가 미적 본질을 추구하는 외향적인 몸짓으로서 충분한 공간이 필요한 군무인데 비해, 플라멩코 춤은 표현성이 강한 내향적인 독무입니다. 더우기 플라멩코 댄서는 넓은 공간을 필요로 하지 않습니다. 이들은 식탁넓이 정도의 작은 공간에서도 춤을 출 수 있습니다.
발레의 경우, 그들 발레리나는 대부분 청년기에 춤의 절정기를 이루나, 플라멩코춤에서는 바일라오라들은 나이가 들면서 춤의 완성도가 점점 더 깊어집니다. 60의 나이에 절정기를 이루는 경우도 예사이고 80이 넘어서까지 무대 위에서 활동한 춤꾼도 있었습니다. '플라멩코 춤의 여왕'으로 불리던 바일라오라 라 마카로나(La macarrona)가 그 대표적인 예입니다.

젊은 발레댄서는 눈부시게 아름다운 몸짓으로 새처럼 날고 싶어합니다. 이들의 몸과 마음은 그리고 시선까지도 언제나 위로 향하고 있습니다. 님프들이 노니는 무중력의 상태를 동경하기 때문입니다. 그런 점에서 발레 춤은 에로티시즘과는 무관합니다. 반면에 플라멩코 춤은 그 본질을 에로티시즘에 두고 있습니다. 그렇지만 이 에로티시즘은 천박한 성의 희롱이나 퇴폐적 섹스에 탐닉코자 함에 그 뜻이 있는 게 아닙니다. 그것은 건강한 후손으로 대를 이어 그들이 처한 숙명적인 척박한 환경에서 살아남아야 한다는 집시족의 절실한 종족보존의 한 방책이었습니다. 그런 점에서 이들은 땅을 향해 모든 에너지를 집중시킵니다. 플라멩코 댄서들은 이 지상의 어머니가 되고, 자신의 몸과 땅이 하나가 되는 순간을 동경합니다.

이제 플라멩코의 '깊은 춤'에 관해 잠깐 한 말씀 드리겠습니다.

플라멩코의 노래와 춤에서 '깊은'(jondo)이라는 말에는 내면의 고통의 표현이 순수한 미적 조화보다 더 중요하다는 의미가 담겨있습니다. 플라멩코는 숭고하고도 티없는 고전미를 추구하지 않습니다. 낭만주의적 달콤한 몽상에 젖지 않습니다.

'깊은 춤' 중에 시규리어와 솔레아가 있습니다. 이 둘 다 집시들의 삶의 실존주의적 고통을 표현하고 있으나 이 둘은 춤 속에 담고있는 질적 요소에 있어서 다소 차이가 납니다.

시규리아춤이 고호의 초상화 그림에서 볼 수 있듯이 고통의 거친 숨결
이자 분노의 살아있는 불꽃이라면, 솔레아는 루오의 무거운 색조의 그
림들에서 느낄 수 있듯이 회한의 아침이슬 같은 것입니다. 탈속적 몰
아의 아름다움을 느끼게 합니다. 희망의 별은 너무나 멀리있으나 더
이상 몸부림치지 않는 게 솔레아입니다. 그것은 한마디로 기도의 몸짓
인 것입니다. 오늘 로레나가 보여줄 솔레아 춤은 그런 춤입니다.

'플라멩코는 우리들 세속의 인간들이 성자나 천사의 도움 없이도 하늘
에 이를 수 있는 길이다.'

어느 시인의 가슴 찌르는 이 말이 곧이어 무대에 오를 로레나의 열망이
담긴 독무에서, 그리고 기타리스트 마크의 사색적 반주에서 순간 순간
느낄 수 있기를 바랍니다.

　지난 해 겨울의 그 플라멩코 공연이 계기가 되어 다음 해 3월 스페인
의 플라멩코 댄서 사샤가 이곳 마산에 왔었다. Mimi 선생의 초청으로

이 지역에서 플라멩코 특별 강좌와 워크샵을 가지기 위해서였다. 그녀가 이곳에 머문 10여 일 나는 그녀를 거의 매일 만난 편이었다.

아래의 대화는 한 날 어시장 지하도 근처의 한 호박죽집에서 그녀와 더불어 한가로이 나눈 대화이다.

아까 대충 이야기 했듯이, 함안 공연때 m의 순간적인 재치가 그날 '플라멩코의 밤' 공연을 살렸어요. 그 순간까지 어수선한 객석분위기에 내가 속으로 얼마나 당황했었던지!

보지 않아도 그 상황이 눈에 선해요. 아마도 그 상황에서 준의 플라멩코 해설이 주효했던 가보죠?

그날 로레나의 춤은 대단했어요. 플라멩코 춤이 처음인 모든 관객들이 그녀의 춤에 깊게 몰입하더군요.

부라보! 그런데, 준을 만나 보니 당신의 인상은 로레나로부터 전해 들었던 거나 별반 다르지 않아요. 당신은 몽롱한 시적 어휘를 자주 구사하는군요. 모르긴 해도 실용적인 것을 귀하게 여기는 미국인, 로레나에게는 당신의 존재가 새로운 상상력을 위한 자극제였을 것 같군요. 장 그러니에를 자주 들먹이는 당신은 누가 보아도 몽상적인 사람이에요. 그의 '지중해의 영감'의 그 아련한 글귀는 나도 좋아해요.

그래요?
그건 아마도 청년기이래 지속된 유럽문화에 편중된 나의 독서 탓일 겁니다. 개인적인 일입니다만, 나는 젊은 나이에 폐질환으로 인해 길고도 어두운 투병생활을 치른 적이 있었습니다. 그 상황에서는 독서나 음악에 몰두하는 일 이외 다른 삶은 주어질 수 없었습니다. 이런 말이 있지 않습니까? 가난한 사람에게 병이란 먼 여행과도 같은 값을 지닌다는. 장기간의 은둔적 투병생활이란 그 나름의 으리으리한 정신적 저택생활과 같다는 의미입니다. '부자들이 만약 이 점을 깨달았다면' 가난뱅이들의 이 병, 특히 폐 질환에 걸리는 것을 허락하지 않았을 것입니다.'

Jh, 한가지 궁금한 게 있어요. 로레나의 말에 의하면 이번 한국 공연을 거의 기대하지 않았다던데 그 공연이 예상치 않게 성사되어 정말 귀한 추억으로 남을 것이라던데요.

사샤, 그건 내게 귀한 분이 있어 가능했습니다. 그 분이 아니었다면, 그리고 그 분이 직접 플라멩코를 춤추는 분 아니었다면 그 공연 계획은 아예 꿈조차 꿀 수 없었을 것입니다. 사샤, 요즘 플라멩코 워크샵 일로 몇번 만난 그 Jin이 바로 그분입니다. 그 공연과 관련하여 내가 한 일은 성심성의껏 심부름한 것에 불과합니다. 솔직히 그 공연은 전적으로 그분의 계획과 추진력에 의해 이루어 진 것입니다.

아, 그녀 Jin는 드물게 열정적이던데요. 올해 쯤 스페인에 또 올 거라고 했습니다. 이번에는 깊은 춤의 성지인 헤레스에서 시규리어를 꼭 배울 거랍니다.

솔직히 내가 그녀를 알게 된 것은 행운이었습니다.

준, 매우 개인적인 질문인데요, 로레나는 당신에게 어떤 존재예요? 사실 이곳에 와서 당신을 처음 만나기는 했지만, 당신에 관해서는 그녀를 통해 오래전부터 들어왔거든요. 그녀는 때때로 당신의 편지에 영감을 얻는다고 했었답니다.

글세, 그녀는..... 내게는 일종의 무지개와 같은 존재이지요. 몽상을 불
러일으키는......

jh

3. 스페인으로 비행하면서

여행은 몸이 아니라 마음의 이동이다. 마음이 누리는 시공간적 자유로움이다. 낯선 여행지의 낮과 밤을 약간의 두려움으로, 때로는 달콤한 자유로움으로 맞이하는 것은 몸이 아니라 마음인 것이다. 몸은 대개 긴 이동중에 무력해지고 두 눈과 귀는 총기를 잃는다. 그 때 시각적 호기심으로 반짝이는 것은 마음의 눈이지 육신의 눈이 아니다. 긴 비행 중에는 특히 그렇다.

Estación de atocha 1

구름 위로 날으는 몸은 좁은 공간속에 갇혀있을 뿐 갈망하는 자유의 미풍은 맛 볼 수 없다. 그때 육신은 우리 속에 갇힌 무력한 동물들의 그것과 별로 다를 게 없다. 더우기 새벽 이슬을 맞으며 광야를 내닫는 그레이하운드 버스속에서 맛보는 차체 흔들림의 율동감이나 부드러운 엔진음을 비행체에서는 기대할 수 없다. 구름 위로 뜬 채로 그저 한 대륙에서 먼 다른 땅으로 운반되고 있는 우리의 몸뚱이는 비유컨대, 활어차 속의 살아있는 물고기에 불과하다.

그렇지만 그런 갇힌 공간 속에서 불현듯 낯선 땅의 올리브 나무의 끝가지를 흔드는 지중해의 바람이 구름 위에서 문득 심안에 포착되고, 과거의 빛과 그림자가 되살아나 심이에 고통스런 마찰음을 일으키는 게 비행이 주는 드문 선물이리라. 자유로운 마음은 닫힌 공간의 어두움에 묻힌 육신과 드물지 않게 조화를 이룬다.

꿈꾸는 대상이 존재하는 곳에 마음이 가 머무는 것 - 그것이 여행인 것 같다. 마음은 시공간의 벽 너머 해조음 가득한 유년기 바다의 꽃게들과 눈맞춤 하는 가슴설레임을 맛보기도 하고, 이와는 반대로 육신이 아직 이르지 못한 미래의 별빛 반짝임에 시각적 충만감을 맛보는 그런 상상의 무한이동인 것이다. 나에게 여행은 그런 것이다.

지금 나의 심안은 날으는 기체 속에서 검은 자갈과 야생 선인장의 척박한 야트막한 산악을 넘어 벌써 안달루시아의 고도, 그라나다에 가 있다. 산 크리스토발에 올라 하얀 집들과 가파른 황토빛 알람브라 성벽과 마주하고 있다. 사크로몬테 집시마을의 동굴 따불로가 심안에 들어오고, 집시 여인의 가슴 찌르는 노래 솔레아가 심이에 들려온다. 플라멩코 댄서 사샤와 함께 헤레스의 사에타 축제의 긴 행렬 속에 끼어있다. 그리고 다시 마드리드로 돌아와 솔(sol) 광장의 한 카페에 앉아 파코 데 루시아의 기타곡을 듣는다. ……긴 비행 후 어느덧 몸은 스페인의 상공에 떠 있다.

그라나다에
큰 달이 오르는
밤이면
알바이신 언덕에 올라
아라비아 산 진한 허브향과
가르시아 로리카의 시와
플라멩코 콤파스에
취한 눈으로
황토빛 전설의
알람브라와 마주하자.

집시들의 마을
나귀 노새들이 터 놓는 골목길 마다
세리주 향이
나그네의 마음을 붙든다는
헤레스에서는
칸테의 그 깊은 맛은
세리주 잔에 담아 마시고.

그리고

빛의 도시
카디스에 이르러
이 침침한 육신의 눈을
순수한 바다 빛으로 씻으리라.

마드리드는 팔라도 미술관의 그림보다
발라스케스의 동상보다
그 아래 앉은 거리의 악사로 인해
당신에게 더 오래 기억되리라는 누군가의 귀뜸.
그 기타리스트가 어떤 곡을 켜기에?

바로셀로나는 단념하자.
이태리 여행에서
모네는 폴로렌스도 나포리도 가지않았었다.
시각적 상상과 하나의 열망 그리고 회상의 정서가
지리적 장소보다 더 중요하다는 모네를 따르자.
플라멩코의
춤과 노래와 기타소리만 느끼자.

이번에는 한 순간 과거 속으로 시선이 향한다. 잠보 비행체의 창 커튼 사이로 강한 한 줄기 빛이 감은 눈에 감지되는가 싶더니 어둠 속에 불현듯 춤추는 '그녀'가 눈에 들어온다. '그녀'는 술에 취하면 스스로에 이끌려 춤을 춘다. 흔들리는 그녀의 영상 위로 김경미의 그림 '영혼의 뜰'이 겹쳐 아른거린다. 로레나가 무척이나 마음에 들어하던.

'그녀'가 다시 붓을 들어야 할 텐데. 그 화가 처럼 그녀도 마음의 그림

Edificio de la Unión y el Fenix - Gran Via/Alcalá

을 그릴 수 있어야 할 텐데. 빛에 대한 갈망과 두려움을 캔버스 위에 붙들어 둘 수 있어야 할 텐데. 그리고 붓을 통해 그녀 자신이 몽상하던 '아버지의 성'에 이르는 길을 찾아야 할 텐데.

저 춤추는 여인을
영혼의 뜰,
사르트르 성당의 채색 천정 너머 그 티없는 하늘의 꽃밭으로
인도할 수 있다면.

노을데의 취한 촛불 춤 같은,
바람 드센 능선 위의 억새풀 흔들림 같은,
그녀의 저 독무를 이제 그만 멈추게 할 수 있다면.

방긋거리는 아기의 눈동자 같은,
순백의 조각베 위에 놓인 꽃잎들과
그녀가 맑은 시선으로 눈맞춤 할 수 있다면.

재즈의 선율을 타고
수직으로 타오르는 저 검은 불길이

중단을 모르는 저 무정부주의적 몸짓이
가야금 현을 타고 정교히 흐르는
살풀이 춤이라면,
기타 선율의 마술이 빚어내는
솔레아 춤이라면
단순한 충만감으로 객석을 떠날 수 있으련만.

　내 다시 집으로 돌아가면 이번엔 꼭 그녀의 그림들 중에 여명빛의 그 '새벽바다'를 좋아한다고 고백해야지. 아, 그녀를 다시 만날 수 있을까?

　흔들리는 기체의 창문으로 다가오는 저 아래 마드리드 공항 활주로의 유도 불빛들 위로 문득 누군가의 옛 시구 한 구절 떠올라 아른거린다.

　우리 곧 싸늘한 어둠에 잠기리,
　잘 가거라
　너무나 짧은 여름
　……

jh

4. 그라나다

3월 0일

로레나에게

Hola !

오늘 그라나다에서 다가오는 이 첫 밤은 테너 호세 카레라스의 '그라나다'를 들으며 맞이하고 싶습니다. 그리고 이 도시의 보석 알람브라 궁전의 한 카페에서 와싱턴 어빙의 책 '알람브라 전설'을 읽으며 맞이하고도 싶습니다.

'....빛나는 햇빛과 꽃 그리고 노래가 넘치는 나라, 밤이 되면 별이 반짝이고....', 멕시코인 작곡가 아그스틴 라라의 이 노래 그라나다는 호세 카레라스의 기품과 장중함이 서린 목소리에 가장 잘 어울리는 노래입니다. 내가 그라나다라는 낯선 이름을 처음 듣게 된 것은 내 기억으로는 카레라스의 이 노래 '그라나다'를 통해서였습니다.

이슬람 예술의 꽃 알람브라 성에 대한 나의 끊임없는 호기심은 나 자신의 몽상벽 때문입니다. 와싱턴 어빙의 '알람브라 전설' 속에는 그런데 어떤 신기한 일화들이 숨겨져 있을까 싶어 지금까지도 궁금증을 불러 일으켜 온 책입니다. 그래서 이 도시에 와 숙소에 여장을 풀자마자 오른 알람브라 성 근처 가게에서 그 책을 사 길바닥에 앉아 펼쳐 보고 있습니다. 언뜻 느끼기에 책 속의 한 이야기가 꼭 내가 즐겨 몽상한 천일야화의 알리바바 이야기같아 다음 페이지의 내용들이 더욱 궁금해지는 책입니다.

그렇지만 카레라스의 그 노래와 어빙의 이 책에 대한 나의 편애는 이 도시에서는 오늘로서 충분합니다. 내일이면 나는 이미 알바이신 언덕의 이름난 플라멩코 카페 '플라자 파시에가스'에서 플라멩코 춤과 노래에, 그리고 포도주에 빠져 들고 있을 것이기 때문입니다. 아마도 이 도시에 머물 2주일 내내 그렇게 지낼 것입니다. 플라멩코의 고장에서 그 춤과 노래를 생생하게 느끼고 싶어 스페인으로 왔고 ,어서 그러고 싶어 서둘러 이 도시로 왔으니까요. 플라멩코의 시인 가르시아 로르카가 사랑한 도시이기에 더욱 그랬습니다.

그라나다 사크라몬테에서의 플라멩코와 표정

내일과 모레엔 밤이 깊어가면 이 도시의 집시 마을인 세크라몬테에 올라 플라멩코 전용 잠브라인 라 로시오에서 또 그렇게 춤과 포도주에 취할 것입니다. 그 다음날엔 도심의 누에바 광장 가까이에 위치한 플라멩코 바 후에르토 델 로로에서 댄서 후아나의 춤에 몰입할 것입니다. 소리꾼 카멜라의 팔마스 장단에 어울리는 그녀의 춤은 일품이라고 합니다. 이 도시의 깊은 밤을 나는 온통 그렇게 취하며 보낼 것입니다.

그라나다에 처음으로 온 내게 숨이 멎을 것 같은 순간이 있었습니다. 그랑비아 거리에서 마주 친 두 젊은 여인의 눈부신 아름다움 때문이었습니다. 그들은 로노와르의 여인들도, 모딜리아니의 여인들도 닮지 않았습니다. 언뜻 드가의 무용수를 연상케 했었지만 꼭 그렇지만은 않았습니다. 그들을 처음 본 순간 뇌리에 떠 오른 첫 말은 엉뚱하게도 동트는 시적 새벽이란 표현이었습니다. 그렇게 밖에는 달리 연상되는 게 없었던 것입니다.

파이오니어 광장 카페의
스타벅 향을 그리워 하며

jh

3월 0일

이 도시, 그라나다에 대한 나의 감성적 표현을 적어 보냅니다. 이런 마음을 주저함 없이 띄어 보낼 수 있는 누군가가 내게 없다면, 먼 여행이란 얼마나 덧없고 헛된 고행이겠습니까.

'그라나다'

나는 바라본다.
검은 자갈 투성이 황무지 너머
삶의 빛과 그림자가 선명한
거대한 대리석의 추상 조각품 하나를,
푸른 빛 감도는 하얀 도시 그라나다를.

나는 느낀다.
천둥번개로 요동치는
한낮의 먹구름 어둠을 뚫고

가까이 다가오는
뿌연 시적 새벽을.

나는 듣는다.
그랑비아 대로에서
초생달 아래의 알람브라만큼이나
신비한 푸른 시선으로
내 숨을 멎게하는
두 젊은 그라나다 여인의
상아빛 미소 사이 사이
들릴듯 말듯 번져나오는
속삭임의 선율을.
이 도시의 옛 영광처럼
빈들의 철길가 이름 모를 풀꽃처럼
어느 날 일몰 따라
소리없이 사라질
그 반짝이는 미소를
가슴 조이며
바라본다.

아브라죠

jh

3월 0일

Hola !
어젯밤은 따블로 다로에서 이 지역의 댄서 후아나(Juana)의 공연을 두 번째로 보았습니다. 지난 수요일 밤 그녀의 춤이 인상적이었기 때문입니다. 그녀의 춤은 한 마디로 격렬한 몸 뒤틀림이었습니다. 패션 모델만큼이나 날씬한 몸매를 가진 그녀는 긴 팔과 상체의 움직임에 힘을 집중하고 있었습니다.

40명 정도의 관객들이 촘촘히 다가앉은 작은 홀 안은 그렇게 춤추는 그녀의 발구르는 소리와 거친 숨소리로 가득했습니다. 춤 한 동작 한 동작에 그녀는 모든 에너지를 쏟아 붓는 것 같았습니다. 그녀의 자파테아토는 그 멈춤과 이어짐의 폭발적인 동작에서 그 어느 남자 댄서의 힘을 능가하는 것이었습니다. 이에 더하여 상체의 유연한 뒤틀림과 긴 두 팔의 아치형 동작에서는 기품과 기교가 한껏 풍겼고요.

그런데 바일라오라로서의 그녀는 둔부가 빈약한 게 또 다른 특징이었습니다. 바일라오라의 둔부가 빈약한 것은 곧 플라멩코의 기본적인 요소인 건강한 에로티시즘의 결핍이 아닙니까? 그 두 번째 공연에서 그녀는 꼭 중성으로 보였습니다.

나는 이 두 번째 공연에서 속으로 그녀와 로레나를 비교해 보았습니다. 당신은 그녀에 비해 잘 발달된 둔부의 아름다움에 상하체의 조화로운 비례가 돋보이는 편입니다. 플라멩코 댄서로서 후아나에 비해 풍성한 부드러움이 두드러집니다.

한편 로레나의 춤은 그녀의 춤에 비해 이성적 한계를 넘어서지 않습니다. 몰아적 취기가 그녀에 비해 덜하다는 뜻입니다. 그녀는 춤을 출 때 자신을 잊는 것 같았습니다. 첫 번째 공연에서 자신의 춤에 빠져 든 그녀의 얼굴은 땀 범벅이었습니다.

로레나의 춤이 보여주는 것은 예술적 열정의 표현력보다 고전적 아름다움인 것 같습니다. 6년전 포틀란드 공연에서 남자 무용수 오스카 니에토와의 두엣 춤에서 특히 당신의 미적 추구 열망이 잘 드러났었습니다. 그런 당신이 지난해 12월 함안에서 펼친 공연에 내심 저으기 놀랐습니다. 당신이 솔레아를 독무할 때 그것은 관객에게 보여주기 위한 춤이 아니라 마치 굿판의 신들린 무당처럼 내적 충만감이 가득한 춤이었기 탓입니다.

이제 내일 모레면 몸과 마음이 새로이 가 있을 카디스의 바다가 궁금합니다. 그 바다의 소리와 빛깔이 궁금합니다. 하늘과 바다를 가르는 수평선은 또 얼마나 아득할는지......

춤추는 당신을 몽상하며

jh

5. 카디스의 빛과 바다

그라나다가 내게 밤의 도시였다면, 이 곳 가디스는 새벽의 도시이다. 신기루처럼 나타났다 흔적없이사라진 거대한 기하학적 조형물의 노을빛 환상이 그라나다라면, 바다소리로 가득한 푸르스름한 여명의 땅이 이곳 카디스이다.

그라나다는 아침에 잠들어 있다. 사라진 옛 무어인들의 지혜가 번쩍이던 궁전이 이제는 한 밤 달빛아래 하

Cadiz in Andalusia

얀 맨발의 무희가 그 위에서 춤추는 황토빛 궁전의 잔해이다. 여행자의

눈길을 사로잡는 그 침묵의 조각품은 언젠가부터 깊은 밤마다 환상의 샘이 솟는 달콤하고 쓰디쓴 회상의 샘터가 되었으리라.

카디스의 새벽은 아득한 수평선의 푸르스름함과, 긴 날개의 갈매기들이 머리위에서 선회하는 대서양의 웅장한 파도소리로 여행자를 맞이한다. 놀랍게도 발 바로 아래 바위틈에 숨을 숨긴 주먹보다 큰 참게의 잠망경 같은 두 눈으로도.

내게 점점 가까이 다가 오는
빛의 도시
카디스는
바다의 거친 푸르름과
올리브 나무끝의 흔들림입니다.

그라나다는 이미 아득합니다,
달콤한 그늘과
쓰디쓴 침묵과
그리고 잿빛 영광의
폐허로.

지금 나는 가디스로 다가서며
가슴 설렙니다.
갈매기떼가 머리 위에서 원무하고
두 발이 담긴 얕은 수면 아래
등 검은 농어들이 은빛 반짝임으로 꿈틀대는
소년기의 나의 작은 바다에서처럼

그저께
말라가에 다녀 왔습니다.
피카소의 고향이어서가 아니라
바다가 내게 가장 가까이 있는 곳이
그 도시였기 때문이었습니다.

그라나다의 새벽
생전에 다정히 껴안아 주지 못한
아흔 노모를
바둑이가 노는
꿈속의 그 바닷가
햇살 가득한 집에서
흐느낌으로 만나
베개를 적시고 였습니다.

오래 전 내게는 늘 대비되는 두 환상이 있었다. 유년시절 항상 내 곁에 있었던 은빛 반짝임의 한 작은 바다가 그 하나이고 청년기 포도빛 망또를 걸치고 벗꽃이 지는 것을 네 번이나 보았던 잿빛의 숲속 은 거지가 다른 하나이다. 후자는 나타날 때마다 무겁

Cadiz Environs Andalusia

게 울리는 첼로의 느린 선율처럼 나를 비감의 늪으로 빠져 들게 했었고,

전자는 그 푸르스름한 새벽 빛으로 언제나 미래쪽으로 심안을 열어주었다. 그라나다와 카디스에 대한 나의 이 대비는 아마도 그런 나의 내면적 체험 탓이었다.

그라나다에 묵고있는 동안 늦은 밤마다 혼자 숙소인 호스텔을 빠져나와 플라멩코 전용 잠브라 혹은 페냐에 묻혀 플라멩코와 포도주에 취했었다. 그랑비아 대로와 가까운 누에바 광장의 한 모퉁이에 위치한 플라멩코 전용 바 다로에 가면 바일라오라 후아나가 타오르는 불꽃같은 춤으로 나를 취하게 하였고, 알바이신 언덕 마을 입구의 한 카페에서는 쉰 목소리의 칸타오르 안토니오와 공연 전에 하얀 포도주 잔으로 인사를 나누었다. 그리고 세크라멘토의 집시동네에 올라 동굴 카페 라 로시오에서 그라나 집시들의 전통적인 플라멩코의 흔적을 맛보기도 했었다. 그라나다에서 나는 그렇게 밤마다 포도주와 풀라멩코에 빠져들었다.

카디스에서 단 한 번 밤의 플라멩코에 빠져든 때가 있었다. 남자 댄서 후안 카를로스가 그 곳의 한 뻬냐에서 내 혼을 뺀 순간이 바로 그날 밤이었다. 날씬한 남성 발레무용수처럼 고전적인 외모의 그 바알라오르의 현란한 춤동작은 내향성 짙은 사색의 표정과 몰아적 열정의 조화였다. 강한 발놀림을 통해 몸의 무게 중심을 아래로 아래로 내려 플라멩코 춤의 남성적 힘의 특성을 그대로 보여주는가 하면, 그 현란한 윗몸 놀림은 플라멩코의 끊임없는 창의적 즉흥성을 잘 보여주었다. 그 고색창연한 페냐 건물은 세바스찬 성의 등대와 산타마리아 해안을 잇는 길고 긴 뚝길 중간쯤에 자리 잡고 있는 카디스의 명소로 오랜 옛날 감옥

터 있다고 한다.

그 밤 외에는 이 카디스를 언제나 동트는 새벽 이 성벽길에서 수평선쪽의 그 푸르스름한 아득함과 대서양의 웅장한 파도소리에 몰입하면서 만났다. 내가 묵었던 호스텔 카사 카라콜이 그 해안까지 걸어서 5

분 거리에 있었기 탓이리라. 통영이나 마산 어시장의 갈매기보다 날개가 두배나 긴 듯한 대서양 해안의 갈매기들이 머리 위로 선회하는 그 빛의 해안에서 매일 카디스의 아침을 맞았다.

처음 카디스로 들어오던 날, 도시 표지판이 차창 밖으로 저만치 보일 즈음 가로수 가지 끝이 바람에 흔들리고 있음에 직감적으로 아, 여기서 바다가 멀지 않는가보다 싶어 가슴이 뛰기 시작했었다. 이어 버스의 율동적인 흔들림 따라 심안에 흐릿하게 떠 오르는 아!, '그녀'의 생기잃은 시선!

햇살 지나간 좁은 실내의 한 모퉁이에 세워진 이젤 위의 반쯤 색칠하다 만 자화상과 마주하고 있는 '그녀'의 가슴 찌르는 시선과 그리고 그러니에의 아래 이 한 구절이 도시로 들어서는 이 여행자의 여심을 순간적으로 촉촉히 적셨던 일도 있었다.

나는 그대에게 가까이 다가가기를 원했다.
그대가 어떤 사람인지 알 수 없었고 결국에는
그대가 너무 멀리 있어 가까이 다가 설 수 없었던 그 때,
바로 그 때부터 나는 그대로부터 벗어나기를 원했다.
그것은 그대를 포기하려는 것이 아니라
그대를 존중하기 위함이었다.
나는 그대를 꼭 끌어안고 싶기에,
그대로부터 멀리 달아나기를 원했다.

jh

6. 헤레스(Jerez)에서 '서편제'를 보다

이번 스페인 여행중 전혀 예상치 못한 일로서, 남도 소리꾼 일가의 기구한 삶의 유전을 그린 영화 '서편제'를 플라멩코의 본 고장 헤레스(jerez)에서, 그것도 이 지역의 집시가족과 함께 그들이 소장한 비디오를 통해 다시 보게 된 것은 내게는 여간 의미있는 일이 아

JEREZ DE LA FRONTERA

니었다. 스페인 안달루시아의 노래와 춤인 플라멩코와 전라도의 판소리와 살풀이 춤를 더 깊은 호기심으로 비교하는 계기가 되었기 탓이다.

이 비디오는 지난 겨울 플라멩코 댄서 사샤가 마산에 왔을 때 어시장 근처 양피부비뇨과 병원의 양원장이 살풀이 춤 DVD와 함께 그녀에게

준 선물이었던 것이다. 그는 전문 의사로서 오래전부터 우리의 소리와 춤에 심취하여 스스로 북채를 잡는 고수이다.

영화 전편에 흐르는 서편제 특유의 개면성 가락과 애절함이 절절히 묻어나는 시나위성음! 소리꾼 일가 – 장구를 치는 아비, 소리를 뽑는 눈먼 딸, 징을 울리는 배다른 아들 – 셋이 억새풀 언덕길 위에서 삶의 뼈저림도, 한도 잊은 채 등실등실 춤추며 펼치는 진도 아리랑 소리 한 마당!

이날 사샤는 스스로 자리에서 일어나 그녀 남편과 시아버지 그리고 내 앞에서 그 눈먼 딸의 처연한 소리, '아리, 아리, 아리랑…'을 플라멩코의 솔레아로 춤추었고 그녀 남편은 팔마스(손벽치기) 로 이에 장단을 맞춰주었다.

눈 많이 내린 엄동설한 공동묘지 길 오두막 집에서 그 소리꾼은 눈먼 딸에게 용서를 빌면서 눈이 멀게 된 사연을 들려주면서 숨을 거두는 장면에서 사샤는, 나의 설명으로 그 의미를 감지하고는 두 볼에 흐르는 눈물을 감추지 못하였다. 헤레스의 사샤 가족들은 한국인 여행자인 나처럼 비수로 찌르는 듯한 떠돌이 소리꾼 일가의 그 깊은 숙명적 슬픔과 한에 그리고 그 눈먼 딸의 처연한 소리에 한 여름의 어둡고 습한 바다의 밑 바닥으로 가라앉는 느낌을 받았을 것이다. 마치 내가 미국의 포틀란드에서 처음 듣게된 플라멩코의 그 긴 어두운 외침 '아이 아이 아이…' 앞에서 그랬던 것처럼.

보성 벌교 강진 등 전라
도 땅 이곳 저곳을 주막집
소리 주모로 전전하며 삶을
이어가는 그 눈먼 딸이 장
흥의 한 주막에서 배다른
오라버니를 만났을 때, 두
오누이는 소리로 서로를 알
아보고도 말 못하고 하룻 밤
을 고수와 소리꾼으로 묵묵
히 말없이 헤어지는 그 처

JEREZ DE LA FRONTERA

연한 장면을 아마 이 영화를 본 이라면 다 기억하리라.

플라멩코의 본 고장인 헤레스에 와서 우리의 판소리와 관련하여 대
비적으로 연상되는 것이 한 둘이 아니다. 서로 별개의 민속적 노래들로
학술적인 비교연구의 대상은 아닐 것이지만, 플레멩코나 판소리 둘 다,
한마디로 소리꾼의 입에서 입으로 전해지는 구두 전승예술이고 관객이
있는 소리판에서 이루어지는 공연예술이다.

판소리는 시 음악 무용처럼 종교의식적 공간에서 '예배적 행위를 하
는 뮤즈로' 태어난 것은 잘 알려진 일이다. 플라멩코도 처음에 그렇게
예배적 의미로 시작되었을 것으로 믿게 된 것은 내가 이 도시 헤리스에
와 4월의 부활절 기간 중 사에타 노래를 들으면서였다.

판소리 공연이 벌어지는 소리판은 광대 이외에 고수라는 또 하나의

연기자가 등장하고, 개인이면서도 개인의 힘을 넘어서는 예술 수용의 주체인 청중이 생기는 곳이다. 그리고 '별들이 운행하다 느닷없이 쏟아지는 별빛처럼 고수와 청중의 추임새가 천문학적으로 난비하는 곳'이기도 하다. 플라멩코의 경우도 이와 비슷하다. 그 노래 역시 판소리의 소리판에서처럼 플라멩코 가수 곁에 고수 역할을 하는 기타리스트가 그를 부추기고 그 소리판의 청중들의 추임새 올레, 올레! 가 한판의 플라멩코 공연을 뜨겁게 달아오르게 한다는 뜻이다.

둘 다 영혼을 울리는 소리로 알지만 모든 음악이 그렇듯 그 둘 다 사실은 인체의 고막을 울리는 소리, 음이라는 물질성이 시간 위에 쌓아 올린 정치로운 탑인 것이다. 그리고 안달루시아의 방언이라야 집시들의 노래 코플라(가사) 가 제대로 전달될 수 있듯이, 전라도 방언들이 마주칠 때마다 일어나는 그 독특한 토속적 맛이 없다면 판소리의 창이나 아니리가 제맛을 낼 수 없다는 점도 그렇다. 무엇보다, 스페인의 이 고도 헤레스가 판소리의 고장 순창을 떠올리게 하고, 플라멩코의 '깊은 노래'에 시적 예술성을 고양시킨 스페인의 가르시아 로르카와 그리고 판소리에 담긴 시적 운율에 매혹되어 그 형식을 자신의 시에 담아 노래한 미당 서정주를 나란히 떠올리기도 하였다.

우리는 앞에서 시인 로르카가 집시들의 영혼의 울림이 담긴 플라멩코의 '깊은 노래'에 매혹되어 이를 표현한 구절을 이미 읽었었다.

'굽이치는 그 멜로디의 물결은 그 시작이 꼭 바흐의 끝없는 첼로 곡과 흡사하다. 바하의 끝없는 멜로디는 둥글다. 그의 악음은 반복적으로 끝없이 이어지며 원을 그린다. 이에 비해 플라멩코의 시규리어의 경우 그 멜로디는 수평선쪽으로 사라져 돌아오지 않는다. 우리들의 영혼이 도달할 수 없는 어떤 먼 끝점으로.'

만약 스페인의 이 시인이 우리의 판소리에 들어보았다면 이를 어떻게 사색했을까? 모르긴 해도 절망의 끝에 이르러 서로 화해하고 따스한 희망을 나누는 우리의 판소리를 두고 빛이 가득한 동산에 이르는 소리라고 하지 않았을까! 플라멩코와는 달리 판소리는 그 끝이 화해와 희망감으로 종결되기 때문이다.

아래의 플라멩코 가사는 '인간의 최고의 감성적인 순간을 이보다 더 잘 표현한 시는 없을 것'이라는 한 익명의 플라멩코 소리꾼의 짧은 코플라 한 구절이다.

하늘엔 달무리,
내 사랑은 이 땅에서 사라지고.

전라도 순창이 낳은 한국의 대표적인 시인 서정주의 시는 판소리 사설 특유의 레토릭과 특히 전라도 방언의 장중한 음성 모음, 중모리 진양조 엇모리 등 갖은 판소리 장단을 끌어들임으로써, 이끼 낀 싯적 리듬의 도도한 흐름과, 그래서 친근한 듯 하면서도 함부로 범접할 수 없는 넓고 깊은 의미를 띠고 있다. 아래의 그의 시 '선운사 동굴'에는 육자배기 가락과 판소리의 금과옥조인 수리성(목쉰 듯한 허스키의 거친 소리)이 진하게 배어있다.

선운사 고랑으로
선운사 동백꽃을 보러 갔더니
동백꽃은 아직 일러 피지 않았고
막걸리 집 여자의 육자배기 가락에
작년 것만 오히려 남았습니다.
극서도 목이 쉬어 남았습니다.

우리는 때때로 우리의 내부에서 마음의 소리마당 ─ 그 속에서는 고통과 슬픔이 노래가 되어 리듬을 띠고 , 열정이 스스로 악기가 되어 장단을 쳐 주는 ─ 을 뜨겁게 느낀다. 그 때 우리는 모두 동등하다. 한국인, 모로코인, 안달루시아인 사이에 아무런 구별이 없고, 남녀노소의 한계도 없다. 그 마음의 소리마당 안에서는 그저 가슴을 지닌 인간일 뿐이다. 뼈저림과 외로움을 함께 나눌 수 있는.

삶을 직시해보면, 가장 가혹한 외로움이라도 만약 그 외로움이 소리나 몸짓을 통해 누군가에게로 표출되고 나누어질 수 있다면, 그것은 진실로 외로운 순간이 아니다. 함께 나누는 외로움의 고통은 그것이 아무리 깊다 하더라도, 우리의 판소리의 경우에서처럼 극복될 수 있는 성질의 것이다.

그런 의미에서, 서편제에서 그 떠돌이 소리꾼 일가는 진정한 외로움을 겪는 자들이 아니다. 그리고 플라멩코의 '깊은 노래'인 시규리어의 첫 도입부의 '아이 아이 아이...'의 그 외침 역시 진실로 외로운 자의 외침이 아니다. 두 경우 그들의 고통과 슬픔이 이웃과 함께 나눌 수 있는 노래로 표출되고 있기 때문이다. 그 노래에 어떤 언어적 의미도, 그들에게 현대적 의미의 청중이 없어도 말이다. 서로 눈맞춤을 나눌 수 있는 마음의 소리마당이 있기 때문이다. 그들에겐.

진정한 외로움이 어떤 것인지 그건 범상인인 나로서는 체감할 길이 없다. 다만 생떽쥐뻬르의 '인간의 대지'에서 모래와 바람의 사하라 사막에 불시착하게 되어 죽음 직전의 한 비행사에게서 조금 느낄 수 있을 뿐이다. 그의 절박한 외침은 '어디 사람 없소?'라는 사람의 흔적에 대한 절절함이었던 것이다. 그 외침은 내가 느끼기엔 자기편 혹은 친구나 민족과 같은 특정의 인간을 찾는 민족주의적 감성의 발로가 아니었기때문이다.

jh

7. 시인 천상병의
귀천을 플라멩코로!

그대 눈에 비치는 것이 순간마다 새롭기를 —앙드레 지드—

4월 0일

로레나!

올라!

지금 당신에게 꼭 전할 말이 있어서 컴퓨터를 열었더니 반갑게도 당신의 메일이 먼저 와 나를 기다리고 있군요. 내 머리와 가슴이 온통 로레나로 가득해 있던 바로 이 순간에. 오늘 오전 내내 헤레스의 도심 이곳 저곳을 헤매며 pc방을 찾아 다녔습니다. 내가 머무는 이곳의 저급 호텔에는 손님용 컴퓨터가 없거든요.

당신의 메일에 대한 회답글부터 먼저 드립니다. 안타깝게도 올 10월 로레나 그룹의 시애틀 공연에 본의 아니게 참석하기는 힘들 것 같습니다. 개인적인 사정으로 지난해 미영주권 자격을 포기한 이래 미국비자를 아직 갖지 못한 처지이거든요. 비자 신청을 당장이라도 하고 싶지만, 영주권 자진 반납한 사람은 비자를 다시 얻기가 쉽지않다는 말이 있어 여지껏 미루어 왔습니다.

그런데 과테말라 입양아가 아직 오지 않았다구요? 당신이 언제부터
기다리던 딸 아이인데. 혹시 그 아
이의 어머니 측에서 딸을 미국으
로 보내고 싶지 않아. 이런 저런
핑계로 그 일을 미적거리는 것은
아닌지요?

Jerez de la Frontera Hotels

나의 스페인 여행이 이제 막바지에 이르니 어쩐지 마음이 고향쪽으
로 자주 향합니다. 마음과 몸이 그동안 여독에 지친 탓인가 봅니다. 그
저께 사샤 덕분에 이곳 헤레스의 한 플라멩코 페냐에서 귀한 시간을 보
냈습니다. 몸은 지쳐 있었지만 그곳 동료들이 펼치는 춤과 노래 그리고
세리주 파티는 여간 인상적이지 않았습니다. 십여 명의 남여 동료들이
서로 돌아가면서 한 사람씩 노래하면 다른 이들은 모두 그 노래에 맞추
어 춤을 추는데, 어느 한 사람 소리 못하는 이 없고, 춤 못추는 이가 없
더군요. 그 전날엔 사샤의 집에 들려 뜻밖에도 한국의 판소리 비디오를
감상하기도 하고요.

자, 이제부터는 내가 전하고 싶은 말입니다. 아마도 이 글을 보면, 당
신은 지난 6년 전 포틀랜드에서 당신을 만나던 순간의 나를, 나의 글을
연상케 될 것입니다. 지금의 이 마음이 그때와 흡사하니까요. '아침이
슬'과 관련하여 아래에서처럼, 그 때 로레나에게 숨가쁘게 담아 보내던

나의 그 들뜬 마음 말입니다.

'놀라운 소식인데요. '아침이슬'을 내 노래로 녹취하여 시애틀로 가져
가겠다니! 시애틀의 루비나 마르코스도 한 번 들어보고 싶다구요? 그
리고 혹시 이 노래를 오늘 9월의 '아이레' 플라멩코 공연의 한 곡목으
로 선정한다면, 내가 무대에 올라 그 노래를 직접 불를 수 있겠느냐고
요? 가슴떨리는 기분인데요. 그럼 목요일 7시에 스튜디오에서.'

지금 나의 이 마음 들뜸은 한 시인의 시, 귀천(back to heaven)과 관
련된 것입니다. '귀천'은 그 티없이 맑은 서정의 이슬반짝임으로 한국
인이면 누구나 사랑하는 시입니다. 아! 로레나가 이 시를 플라멩코로
춤 출 수 있다면! 이슬람예술의 한 특성을 연상케 하는 순수한 추상성
의 그 깊은 춤으로, 정말 그럴 수 있다면. 이 순수한 서정을 내향적이고
은밀하게 무희의 몸과 땅의 합일을 부단히 추구하는 그 염원의 플라멩
코 춤으로 당신의 기품 있는 몸짓을 통해 표현해낼 수 있다면! 어제 밤
부터 내내 그런 생각뿐이었습니다.

나 하늘로 돌아가리라
I shall return to heaven
새벽 빛 와 닿으면 스러지는
Evaporated at the touch of the dawn light
이슬 더불어 손에 손 잡고
hand in hand with the dews
나 하늘로 돌아가리라
I shall return to heaven

노을 빛 함께 단 둘이서

together with the evening glow light

기슭에서 놀다가 구름 손짓하면은

at the calling signs of clouds while I play at the hill foot

나 하늘로 돌아가리라

I shall return to heaven

아름다운 이 세상 소풍 끝나는 날

when the picknic is over in this world

가서 아름다웠노라고 말하리라

and go there to say it was beautiful

참 이상한 일이기도 합니다. 플라멩코의 도시 이곳 헤레스에 와서 한국의 판소리 영화인 서편제를 보게 되고 오늘은 이렇게 또 '나 하늘로 돌아가리라'로 시작되는 '귀천'이 내 마음을 사로 잡다니!

'귀천'을 플라멩코로 춤추는 당신을 상상하며

jh

4월 0일

로레나!

부에노스 디아스.

이 메일은 어제의 글의 연장입니다. 나의 제안에 대해 당신이 회신하기 전에 좀더 넓고 깊게 상상케 하도록 돕고 싶어서입니다. 이 시 '귀천'에게도 노래가 있습니다만 그 노래는 '아침이슬'의 노래만큼이나 내 마음을 사로잡지 못했습니다. 그 시에 담긴 '영혼의 푸른 불꽃'이 어쩐지 내게 제대로 전달되지 않는다는 느낌이 들어서입니다. 나 개인적인 이야기 입니다만 '아침이슬'의 경우, 가사보다는 그 곡 자체가 더 큰 감동이었거든요.

그래서 이 '귀천'은 노래 없이 시의 글 번역만 보냅니다. 곡에 대해서는 전적으로 당신의 감성에 맡기고 싶습니다. 그리고 이 시의 더 나은 번역을, 마음에 들만큼 제대로 완성이 되면 즉시 보내겠습니다. 우선 그 번역의 초고라도 먼저 솔레아 칸테로 한 번 흥얼거려 보십시오. 그러면서 마음이 가는대로 이를 솔레아의 춤으로 표현해 보십시오. 당신이 즐겨 쓰는 말, '시는 순수한 춤이 될 수 있다'(a poem can be pure dance)는 구절을 떠 올리면서요.

이 시를 처음 읽었을 때 나는 니체의 '어린아이'를 연상했습니다. '아침이슬'이 젊은 사자의 숭고한 기개와 불굴의 도전 정신을 떠 올리게 했다면, 이 '귀천'은 어린아이의 푸른 영혼이었습니다. 니체는 세가지 정신적 변화에 대해 말한 적이 있었습니다.

그 철학자는 먼저 낙타를 배우라고 말했습니다. 인내의 정신을 가지라는 뜻이지요. 그 다음엔 사자의 정신을 지니라고 했습니다. 스스로 자유를 창조하고 의무에 대해서도 성스러운 거부로 이에 맞설 수 있는 정신을 말입니다. 그리고 마지막으로 어린아이가 되라고 했습니다. 창조의 유희를 위해서는 순진한 망각과 창조적 긍정을 배우라는 것이었습니다. 아마도 시인 천상병은 이 '귀천'의 시적 영감이 번쩍이었을 때 그는 모르긴 해도 그 영혼이 푸른 빛을 띤 어린 혼이었을 것입니다.

군더더기 없는 이 담백한 시 귀천에서 나는 세속을 초월한 작가의 스토아주의적 달관을 맛보며 이를 '깊은 춤'으로 표현되는 것을 보고싶습니다. 내가 들려 준 노래 '아침이슬'에 눈시울을 적시고 이를 스스로 플라멩코로 춤추었던, 그리고 그 후 6년 후 이곳 마산에 와 한국인 관객들이 모두 함께 부르는 그 노래를 감동의 몸짓으로 플라멩코 춤을 추었던 로레나가 이 시 '귀천'을 또 한 번 '깊은 춤'으로 표현해 주었으면 하는 게 나의 열망입니다.

이 시를 지은 천상병은 1970년대를 전후한 이 땅의 군사독재 아래 옥중에서 심한 고문의 충격으로 다시는 정상인으로 회복될 수 없는 깊은 상처를 입었던 시인입니다. '아침이슬'의 작가가 그 암울했던 시대 권위에 대한 성스러운 거부의 정신을 표현한 저항의 모닥불이었다면, '귀천'의 시인은 마산에서 자란 그 시대의 어린 왕자였습니다.

나는 이 시를, 그리고 이 시인의 영혼을 하늘로 보내고 싶지 않았습니다. 풀잎 위에서 반짝이는 아침이슬의 보석으로, 서편 하늘의 신비로운 저녁놀의 송가로 이 땅 위의 우리들 곁에 남아 그 창조적 긍정의 샘물로 흐려지기 쉬운 우리 영혼의 눈을 끊임없이 맑게 씻어주기를 바라기 때문입니다. 이 땅을 어머니의 젖가슴처럼 귀하게 표현하는 플라멩코의 '깊은 춤'이 나의 열망을 이루어지게 도와 줄 것으로 믿어지기 때문입니다.

오늘 해가 지면 어젯밤의 그 속눈섭 깊은 무희가 불레리아스를 춤추던 타블로 '라 따베레나 플라멩카'로 다시 찾아갈 것입니다. 그 무희가 공연 전 카운터에 내려와 한 손에 상그리아 잔을 든 채 피워 문 담배의 연기로 허공에 그려내던 그 하얀 동그라미들을 오늘 밤 다시 보고싶습니다.

aabrazos

jh

8. 영혼의 춤

4월 0일

이번 여행길 내내 깊은 밤 머릿속에 홀연히 떠올라 한참이나 잠 못 이루게 하였던, 호세 메네레온의 짧은 이 영문 한 구절: Flamenco is a tragedy in the first person!

그 참 애매하군. 일인칭 인물이라면 '나' 혹은 '우리'를 말하는 것인데. 그렇다면 a tragedy in the first person이란 무슨 의미인가? 타인인 '너희'나 또는 제 삼자인 '그들'과 나의 개인적인 이 아픔, 고통을 어찌 함께 나눌 수 있겠는가. 뭐 이런 뜻이 포함된 것 같긴 한데. 그 참 갑갑하군.

그건 그렇구. 내가 왜 이렇게 낯선 땅에서 혼자 떠돌며 플라멩코의 소리와 춤만 생각하고 있을까. 플라멩코에는 무슨 마약처럼 나를 그 속에 빠져들게 하는 힘이 숨겨져 있는 게 아닐까, 한번 걸려들면 벗어나기 힘든, 그 춤에, 아니면 그 소리에?

혹시, 방황벽이 깊은 내 자신이 바로 그 요인이 아닌지? 내 속에 그 춤과 노래에 빠져들게 하는 무언가가 숨겨져 있을지도 몰라. 그래, 그럴런지도 모르지. 어느 누구에게도 털어놓을 수 없는 어떤 내밀한? 가만, 오래전 내 청년기의 그 심리적 상처 같은? 글쓰는 사람이 되기엔 상상력이 부족하다며 스스로를 괴롭히던 그 절망감의 흔적으로? 하기야 지금도 나는 글 속에 '그' 혹은 '그들'을 중요인물로 한 3인칭의 허구를 만들기를 두려워 하잖아. 개인적인 너무나 개인적인 비극의 표현이라는 플라멩코의 노래와 춤을 통해 그 고통에서 면제받고 싶어서?

아! 젊은 날의 나의 비겁함으로 인해 상처받았을 s와 내 의식속에 옛 그대로 남아있는 그녀의 젖가슴, 또는 안톤 슈낙의 한구절: 사랑하는 아들아, 네 소행들로 인해 나는 얼마나 많은 밤을 잠 못 이루며 지새웠는지 모르겠구나.
질척하고 무거운 삶의 잔해, 깃털만큼 가벼운 존재감의 상흔 그리고 내 안에 들어와 깊숙이 자리 잡고 있는 한 청년의 바다 깊은 불행.
이것들은 오랜 세월이 지난 지금도 내면을 겨누는 예리한 비수의 끝이 되어 있다.

나의 경우 여행은, 혼자 떠나는 먼 길 나들이는 스스로 헐벗고 싶어서이다. 열렬히 고백하고 싶은 게 마음 깊은 곳에 숨겨져 있어서이다. 유트릴로의 그림풍경 같은 무심한 낯선 도심 위의 잿빛 하늘이, 때로는 먼 바다의 침묵이 내게 걷잡을 수 없는 어떤 동경과 목마름을 불러일으키기 때문이다.

때로는 화가 피사로가 자신의 그림그리기에 대해 고백했듯이 내 영혼의 상처를 치유하기 위해 먼 여행길에 나선다. 그리고 글을 쓴다.

4월 0일

 '플라멩코는 너무나 개인적인 비극이므로 타자의 말이나 행동을 통해
 서는 그 비극적 체험이 표현될 수 없다.'

 위의 이 말은 이번 여행중 나의 물음에 대한 로레나의 해설이다. 헤
레스에서 지브랄탈 해협 쪽의 타리파로 떠나기 전날, 하도 답답하여 이
메일로 그녀에게 그 뜻을 물었더니 내게 그렇게 알려주었던 것이다.

 로레나의 이 해설을 통해 그 구절 -flamenco is a tragedy in the first
person- 이 내게 이제 친숙해지는 느낌이다. 더우기 이 말은 한 바일라
오라의 아래의 말을 통해 훨씬 더 가슴에 와 닿는다.

 '너는 너 자신을 위해 춤을 추어야 한다. 내가 좋아하는 솔레아를 춤출
 때 나는 자신을 잊고 자신이 누구인지 알지 못한다.'

4월 0일

 혼자 걷는 도심의 직선길 위에서의 긴 사색.

 플라멩코에의 몰입!

 허름한 식당의 구석진 식탁앞에서 혹은 호스텔의 내 침상에서도 내
머릿속엔 오직 플라멩코의 춤과 노래 그리고 기타의 울림뿐이다. 플라
멩코 춤은, 특히 독무의 경우, 그것이 어떤 춤이건 간에 본질적으로 내
향적이다. 왜냐하면 그 순간의 몸짓은 자신의 내면으로 향한 것이지 다
른 어느 누구에게로 향한 것이 아니기 때문이다. 그 때 아래로 향한 시

선은 무용수 자신을 스스로의 내면 속으로 더욱 파고들게 함으로써 그 내향성을 더욱 심화시킨다.

플라멩코춤은 기본적으로 무용수 자신을 표현한다. 그것은 춤의 내용이나 혹은 노래의 분위기를 표현하기보다, 댄서 자신의 개성이나, 최소한 노랫말에 대한 반응을 표현한다.

플라멩코 공연을 주의 깊게 바라보면 그 춤과 노래에 매우 극적인 요소가 담겨져 있음이 눈에 띈다. 가수의 몸짓이나 무용수의 춤동작들이 우리가 알고있는 보편적인 고전주의 예술과는 상당한 거리가 있다. 공연자들의 표정이나 몸짓은 내적으로 높은 긴장도를 띠고 있고, 이에 더하여 공연 중 한 순간 그 흐름을 끊어놓는 공연자의 순간적인 멈춤 동작은 공연의 긴장도를 심화시켜 관객의 영혼을 뒤흔들어 놓는다.

가수의 목소리조차도 벨칸토적 미성과는 거리가 멀다. 우리의 판소리 소리꾼처럼 그 목소리는 거칠고 탁하다. 더구나 그 노래의 코플라(가사)는 제대로 알아들을 수 없을 정도로 거의 울부짖음에 가까워 그 서정성을 감지하기가 거의 불가능하다. 한마디로, 플라멩코는 그 표현주의적 특성으로 인해 상식적인 '아름다움'의 개념과는 전적으로 상이하다.

4월 0일

클라우스 슈라이너(Claus Schreiner)의 영문 저서 'Flamenco'를 이번 주 늘 호주머니에 넣고 다니다. 그 책은 이 여행 중에 손에서 놓을 수 없는 귀한 벗. 그러나 그 덧없는 탐닉이여!:

'무대위의 공연자는 철저히 개별적인 독무자, 독창자로서 움직인다. 플라멩코는 공연자의 화음이나 동작의 조화가 필수적인 군무적 분위기를 띠지 않는다. 한마디로 공연자의 개인성이 무대를 지배한다.'

'이 예술에서는 어떻게 하여 그런 열정적이고 비극적인 극적 분위기가 형성되었는가? 플라멩코 공연장의 관객들이 어찌하여 그 분위기에 휩싸여 울부짖고 입은 옷을 스스로 찢는 그 특이한 몰아적 집단 행위들을 플라멩코 연구가들은 어떻게 설명할 수 있을까?'

'엔리크 엘 멜리죠(Enrique El Mellizo)가 한 밤 시립 정신병원에서 어떤 억누를 수 없는 충동에 끌려 창가에 선 채 노래를 부른 것이라던지, 아니면 가브리엘 엘 마칸데(Gabriel El Macande)가 같은 정신병원에서 방문객이나 낯선 이들에게 열창하면서 가난과 병에 찌든 채 생을 마감한 것은 도대체 무엇 때문인가?'

저자의 이런 귀절들은 플라멩코에 대한 나의 호기심을 더욱 부추긴다.

4월 0일

혼자 배회하는 도심의 골목길.
싸구려 음식점의 왁자지껄한 분위기.
피곤한 몸이 새우처럼 웅크린 채 묻히는 썰렁한 침상.
드물게 얻는 바다 빛 그리고 그 때의 충만감.
이것들은 나의 여행길에는 예나 지금이나 언제나 친숙하다.

플라멩코의 노랫말인 코플라를 보면 전편에 체념과 숙명주의가 흐르고 있다. 지난 시대의 집시들은 자연과 깊은 교감을 통해 한가득 위안을 얻었다. 무엇보다 신뢰를 나눌 수 있는 몇몇 사람들, 특히 어머니와의 인간관계에 의존하면서, 그리고 작은 일상의 일에서 삶의 의미와 즐거움을 느꼈다고, 저자는 말하였다.

지난 날 집시족들이 유랑생활에서 터득한 것은 안달루시아인들이 그들의 역사적 영고성쇠를 통해 체득하게 된 실존주의적 의식과 유사하다. 불확실한 운명의 손에 좌우되고 적대적인 세상에서 뿌리내릴 수 없는 신세로 이 집시이주자들은 다음날 어디로 가야할지를 알지 못한 채 삶을 이어갔던 것이다. 그들은 자신들이 무리를 지어 정착한 곳에서는 어디서나 사회적으로 밑바닥에 깔려 비참함과 배고픔을 벗어나려 도둑질까지 하게되어 급기야는 감옥에 갇히거나 비참한 강제노역의 삶을 영위하게 되었던 것이다.

안달루시아 집시들에게 이 세상은 비정하고도 강압적인 전쟁터였다.

이런 세상에서의 삶을 위한 적극적인 표현은 곧 외침 즉, 고통과 절망과 그리고 항의의 열렬한 표현이다. 이것이 곧 플라멩코의 기원이자 그 본질적 요소이다. 이 외침은 심지어 인간의 상호교류의 수단인 언어를 대신하기 까지 하였다. 플라멩코의 깊은 노래 중 하나인 시규리어의 첫 도입부에 시작되는 단순한 소리 아이! 아이!가 바로 그런 것이다. 이것은 박탈감과 고통에 대한 적극적인 반응이었다.

4월 0일

플라멩코에 몰입하다 보면 늘 우리의 판소리가 머리에 떠 오른다. 그 생성도 이와 유사하다는 느낌이 잠재되어 있기 탓일 것이다. 판소리나 살풀이 춤 등 우리 민중의 대표적인 노래들은 남도에 그 발생의 기원을 두고 있다. 플라멩코가 스페인의 남도 안달루시아에서 발생한 것처럼. 민중집단 속의 그 이름없는 소리꾼들은 어느 정치체제 아래에서이건 물리적 핍박과 심리적 억압에서 벗어날 수 없었다. 그네들은 언제나 이 억압을 풀 수 있는 방안을 스스로 찾아야 했었고 그 방안이 곧 노래였던 것이다.

산조를 연주했던 명인들의 생활은 그리 복되고 편안한 생활은 아니었을 것이며 오히려 고통스럽고 한탄스럽기만 했을 것이다. 산조는 바로 관념적이고 형이상학적인 사고에서 출발한 고상한 음악이 아니었으며, 생활의 고통에 대한 탄식에서부터 출발한 아린 가슴의 음악이다.

플라멩코 노래가 그런 것처럼, 우리 민중의 음악 역시 생활과 함께 그 생활 안에서 탄생하게 되어있다. 산조는 들판의 잡초와 같이 자란 음악이지 결코 온상의 화초처럼 키워진 음악이 아니다. 산조의 생명력과 진한 감동은 산조 명인들의 고통의 승화에서 형성된 것이다.

안달루시아 지방의 집시족들의 끊임없는 피해망상과 전라도인들의 정치적 박해받음의식은 거의 동질의 것이었다. 삶의 고통, 억압 그리고 가난과 불운에서 벗어날 길이 그들에게는 주어지지 않는다는, 그래서 삶에 대해 체념적 자세로 삶을 이어가는 동안 전자는 플라멩코의 깊은 노래에서, 다른 쪽에서는 판소리나 살풀이 춤에서 그 실존주의적 위안을 얻게 되었던 것이다. 그 때 그들은 그들만을 위한 배타적인 소수의 집단을 이루어 그들끼리만 마음과 몸을 서로 의지하고 삶을 나누어 가질 수 있었던 것이다.

다시 말하자면, 이들을 위협하고 억압하는 물리적, 형이상학적 힘들과의 갈등, 그리고 이들에 맞서거나 혹은 최종적인 체념의식이 노래와 춤으로 너무나 생생하게 표현되었던 것이 플라멩코 춤과 노래이고 판소리이었던 것이다. 왜냐하면 그러한 표현이나 몸짓이야말로 그러한 고통이 직접 전환될 수 있는 통로이기 탓이다. 이런 상황아래서는 영묘하고 우아한 '예술을 위한 예술'을 지향하는 순수예술의 개념이 들어설 여지가 없다.

플라멩코가 한 개별적인 종족의 전통의식에서 형성된 것이긴 하지만 또한 이것은 인간의 공통 체험과 정서를 반영한 것이어서 어떤 특정의 문화권에만 국한될 성질의 것이 아니다. 플라멩코를 전에 만나보지못한 이들이 공연장에서 정서적으로 플라멩코에 깊이 매혹되는 경우를 우리들은 어떻게 설명할 수 있겠는가?

플라멩코는 그 놀라울만큼의 자연발생 속에서 이 세상에서 고통받으면서, 새벽의 동터오름처럼, 내면으로부터 솟아오르는 아우성의 충동을 억누를 수 없는 자들 속에 존재하고 있는 것이다.

jh

9. 살풀이 춤과 플라멩코

올 연초 이곳 마산에 머물고 있었던 스페인의 바일라오라 사샤와 함께 어시장 입구 근처의 양피부비뇨과 병원장 서재에서 본 살풀이 춤 비디오를 보면서 곁에 앉은 사샤에게 중얼거린 말을 여기에 옮기려니 적잖이 쑥스럽다. 집을 팔아서라도 저런 춤에 묻혀 3일 밤낮으로 술을 마실 수 있다면! 이런 속된 내용의 속삭임이라 그렇다.

애조띤 애원성의 가야금 반주에 어울리는 살풀이 춤 사위는, 처음에는 느릿하고 고운 춤이 되었다가 점차 빨라지면서 무수한 곡선을 그리고 마지막에는 다시 고요하고 곱게 춤을 접는다. 슬픔이 가득하나 그 춤은 막막하지 않다. 어둡지 않으면서도 가볍지 않고 다소곳 하면서도 품위를 잃지 않고, 멋있으면서도 교만하지 않다. 내면적 정신과 외형적 동작이 한 치의 틈도 없이 균형을 이룬다.

내 곁의 사샤는 그 살풀이 춤의 아름다움에 놀라는 표정이었다. 처음 대하는 한국 무희의 춤이지만 전혀 낯설지 않다는 얼굴이다. 그녀가 플라멩코 춤꾼 특유의 몸짓과 손목 놀림으로 그 가야금 산조의 가락과 선율과 어울리는 것이었다. 모르긴 해도 내가 이 살풀이나 승무의 춤을 진작부터 가까이 할 수 있었다면 내 마음은 스페인의 안달루시아에보다 전라도 땅의 소리와 춤에 훨씬 더 기울어져 있었을 것이다.

살풀이 춤은 검은 어둠의 분위기를 띤다. 그런 어둠과 침묵 속에서 한 줄기 빛을 찾는 듯 장엄하게 내딛는 언발런스한 버선발 걸음은 견딜 수 없는 무게로 짓누르는 삶에 대항하는 침묵의 몸짓이다. 살풀이 춤은 그렇게 앞이 보이지 않는 어둠 속에서 시작된다. 희망이 없는 암울한 침묵의 검은 색으로. 그렇지만 살풀이 춤은 단순한 슬픔의 춤이 아니다. 슬픔이 그 바탕이 되어 있지만 그 춤은 거기에 머무는 것이 아니라 그 비탈을 넘어 정과 환희의 세계로 승화시킨다.

이 살풀이 춤의 내적 표출은 필시 한이다. 그것은 춤추는 자의 애잔한 심성을 하얀 명주수건에 풀어보고 달래보고 하는 듯 흡사 시가 흐르는 듯하다. 여성적인 섬세함과 부드러움을 내재한 강한 인내의 표출로 그 흐름이 자연스럽고 고급스러우며 세련되고 정갈하다는 뜻이다. 춤사위는 한쪽으로는 맺고 또 다른 쪽으로는 푸는, 그리하여 가득참과 비움이 반복으로 이루어진다. 풀어버리는 것은 비우는 것으로 그것은 끝나는 것이 아닌 새로운 성결을 위한 일대 도약, 이를테면 한과 애절함, 환란과 비애를 환희로 승화시키기위한 예비의 몸짓인 것이다. 살풀이 춤에 한 발짝 다가서서 바라보면 무희의 물 흐르는 듯한 몸짓에서 표현되는 그런 시적 기품에 깊이 매료될 것이다.

살풀이 춤과 이웃인 승무 또한 벗어날 길 없는 고뇌의 저런 심미적 표현이라는 점에서 살풀이 춤과 다를 바 없다. 둘 다 소리없는 흐느낌의 내적 표현이라 그렇다. 한 발을 사뿐히 들어 올리고 허리를 반쯤 굽힌 자세로 두 팔을 들어 긴 장삼을 뿌릴 때 일어나는 다소곳하게 그어지는 선을 통해 치마폭에 숨겨져 암시되는 화사한 육체의 선을 그려내는. 조지훈은 19살의 젊은 나이에 벌써 승무의 그런 슬픈 아름다움을 표현해 내었다.

......
......
빈대에 황촉불이 말없이 녹는 밤에
오동잎 잎새마다 달이 지는데
소매는 길어서 하늘을 덮고
돌아설듯 날아가며 사뿐히 접어 올린 외씨 보선이여!

까만 눈동자 살포시 들어
먼 하늘 한개 별빛에 모두오고
복사꽃 고운 뺨에 아롱질듯 두 방울이야
세사에 시달려도 번뇌는 별빛이다.

한편,순수한 형태의 플라멩코 춤은 원래 독무였다. 이 독무가 플라멩코춤의 진수-이른바, 개인의 속깊은 정서와 내적 밀도-를 드러내는 유일한 형식이었다. 정제된 어떤 구도를 지키는 독무자만이 자신의 즉흥무, 자신 만의 독창적 춤을 펼칠 수 있으며, 이를 통해서만이 듀엔데-춤에 몰두하여 자신을 잊은 춤꾼의 혼을 사로잡는 신비한 힘, 영감의 불꽃-이 일어나게 되는 것이다. 물론 우리들의 눈에 익숙한 플라멩코 춤은 전체적으로 방종환 열정과 즐거움이 넘쳐나는, 이른바 관광객을 위한 구경거리로서의 가벼운 춤이 대부분이긴 하지만.

플라멩코는 매우 개인적인 예술로서 이 점은 고전 발레와 플라멩코를 서로 구별짓는 중요한 요소이다. 이 둘의 몸동작은 정확히 서로 상반된다. 발레는 상승지향적으로 가볍게 공중으로 날아오르려 하고 급기야는 무중력을 동경한다. 이와 반대로 플라멩코는 땅으로 그 에너지를 집중시킨다. 플라멩코 춤의 기본 동작에 관해서는 한 플라멩코 연구가의 관찰을 다음과 요약해보는 것이 좋겠다.

> 바일라오르 즉, 남자 무용수는 몸을 수직으로 곧추 세우고 우리의 살풀이나 승무 춤을 추는 춤군이 몸을 앞으로 다소곳이 굽히는 것과는 달리, 역간 뒤로 젖힌 채 두 팔로 곧선을 그리는 동작을 한다.

> 남자 무용수의 경우 춤 동작에서 힘을 집중하는 곳은 다리 부분이다. 그들의 발 동작은 강하며 이 동작의 전체적인 효과는 위엄과 남성다움과 그리고 춤 자체의 열정을 드러나게 하는 데 있다.

> 여자무용수의 경우, 남성과는 달리 상체, 팔 그리고 손의 움직임에 그 중요성을 둔다. 팔을 위로 올려 우아한 곡선을 이루고 손으로 자주 아름다운 원의 형태를 그린다. 몸은 허리를 중심으로 약간 뒤로 젖혀 아아치를 이루고 둔부는 우아하게 그러나 과장되지 않게 움직인다. 그리고 얼굴은 매우 표현주의적이다.

예컨대, 전설적인 바일라오라 라 호셀리토의 시규리어 춤을 한번 지켜 보자. 시규리어 노래 첫 구절들이 홀 안에 가득 찰 무렵 한 작은 여인, 주름진 얼굴과 가는 머리칼로 나이든 모습이 역력한 그녀가 의자에 곳 곳이 앉아있다. 시선은 아래로 향해 있고, 두 팔은 몸에서 일정한 각을 이루며 펼쳐져 있다. 그녀는 팔세타(기타의 변주 리듬)에 귀를 기울이 고는 그 리듬에 손벽치기을 맞춘다. 그녀는 집중력을 높이며 의자에서 천천히 일어선다. 그녀의 위풍당당한 풍모로 그 작은 체구가 실제보다 훨씬 크게 보인다.

그녀는 팔을 아래로 반원을 이루며 내려놓은 뒤 다시 가슴에까지 다시 공중으로 펼친다. 느슨해진 손목은 손의 자유로운 회전운동을 돕는다. 눈은 뜨고 있지만 시선은 관객의 어깨를 넘어 그녀 자신의 영혼 쪽으로 향하고 있는 듯했다. 우아한 몸동작으로 치마자락을 치고는 힘찬 발동 작을 한 번 그리고 두 번 힘차게 발동작을 하고는 그 시규리어 춤에 깊 히 몰입한다.

그녀의 춤에는 성적 도발성이 없다. 그녀의 플라멩코 춤은 다르다. 그 춤은 '마치 먼 과거로부터 내려 온 어떤 비밀스런 화석 같이 보인다.'

플라멩코의 깊은 춤의 하나인 시규리어는 달랠 길 없는 고통의 표현이 다. 국경을 초월하여 이 춤에 어울리는 우리의 시가 하나 있다. 앞장에 서 이미 표현했듯이 천상병의 시 '나 하늘로 돌아가리라'가 그것이다. 이 시의 표제만큼 한 인간의 달랠 길 없는 고통을 이보다 더 적절히 그 리고 짧게 표현할 수 있는 말은 달리 없을 것이다. 이보다 아름답게 승 화된 깊은 슬픔은 만나기 힘들 것이다.

그리고 플라멩코 바엘레는 역동적이나 살풀이 춤은 정적이다. 플라멩코 바일레는 댄서의 허리의 움직임이 상하체의 연결고리가 되는데 비해 살풀이 춤은 무희의 허리는 몸의 지탱수단에 지나지 않는다. 플라멩코 바일레는 댄서의 몸이 수직적이고 당당하다. 아래로 숙인 것은 시선 뿐이다. 땅으로 집중된 시선과 자파테아토는 땅으로 집중시키고, 몸의 상하체는 당당한 수직을 이룬다. 살풀이 춤의 경우, 무희는 머리와 상체를 앞으로 다소곳하게 숙인 자세로 선적 리듬의 물결을 탄 채 오직 두 팔의 곡선적인 움직임으로 춤의 전체를 이끈다.

한 마디로, 플라멩코 춤은 계곡물의 폭포의 형상이나 강물의 범람 같으나, 살풀이의 리듬은 고요한 강물의 굽이지는 흐름이다.

jh

10. 플라멩코와 발레

헤레스의 집시인 구역 산티아고의 한 아파트에 장기 투숙하고 있는 미국인 마리아가 바일라오라 사샤와 나를 그녀 집으로 저녁 식사에 초대한 적이 있었다. 로스엔젤레스에서 간호원으로 일하다 은퇴한 마리아는 해마다 새해가 열리면 스페인의 헤레스로 혼자 날라와 주로 이 아파트에서 반 년이나 지낸다는 플라멩코 아파시오나드(애호가)이다.

마리아는 이곳 헤레스에서 플라멩코 춤을 가르치고 있는 사샤의 제자이자 친구이다. 그녀는 또한 현재 이 도시에 와 플라멩코 저술활동을 하고 있는 로빈(Robin)이나 포틀란드의 바일라오라 로레나와도 구면이다. 나에 관해 사샤를 통해 들어 알고 있었던 그녀는 처음 만나는 나를 구면인 것처럼 정다운 태도로 맞이해 주었다. 그것도 영어로! 스페인 여행 중에 현지 언어로 의사소통이 어려워 그 동안 마음 고생이 여간 심하지 않았던 여행자로서 모처럼 드문 편한 만남이었다.

Ballet is up : Flamenco is down

Maria 이 책 한번 보세요. 로빈의 저서 'Song of the Outcasts' (버림 받은 자들의 노래)입니다. 내게 플라멩코에 대해 좋은 길잡이가 됐어요.

Sasha Hi, 준. 마리아는 이런 분이에요. 가르시아 로르카의 글도 얼마나 좋아하는지! 그건 그렇고 오늘 저녁은 뭐 얘요?

Maria 모처럼 비프 스테이크와 빵입니다. 물론 멀리서 오신 손님을 위해 세리주도 준비했구요.

Jh 전 몽롱한 기분이 알게 모르게 전해지는 상그리아 주스 맛이 좋던데요.

Maria 준, 내년에도 여기 헤레스에 오세요. 필요하시다면, 이 거실의 방 하나 빌려드릴께요. 그땐 상그리아를 글라스 가득히 대접할 테니. 그런데 스페인에 오르더라도 칸테는 헤레스에서 들어야 해요. 기타 반주 없이 부르는 그 깊은 노래는.

Jh 어제 나도 반주없이 부르는 칸테를 이곳 상 주앙 광장의 그 유서 깊은 플라멩코 중앙 연구소에서 처음 들었어요. 성가곡의 분위기가 물씬 나는게 아, 칸테 혼도는 원래 이런 것이구나!했어요.

Maria 난 요즘 로빈의 글 중에 ballet is up : flamenco is down이라는 구절에 대해 자주 사색합니다.

Jh 그래요? 그 말의 뜻은 발레는 위로 향하고, 플라멩코는 아래로?

Sasha 마리아! 슈라이너의 책 'Flamenco'에도 그와 비슷한 뜻의 말이 담겨 있어요. 'ballet takes to the air : flamenco is tied to the earth'라는 이 표현이 그것입니다. 발레는 공중을 지향하고 플라멩코는 땅에 집착한다는 의미로 그게 그거죠. 그 책은 플라멩코 예술가에겐 필독서입니다.

Jh 참, 정확한 표현이군요. 사샤, 말씀 계속 이어봐요. 나도 그 책을 한권 가지고 있어요. 로레나가 선물로 내게 보내주었답니다.

Sasha 발레와 플라멩코, 그 둘의 몸짓은 현저히 대조적입니다. 발레는 위로 오르고, 공중에 떠 있고 싶어 무한히 무중력의 상태를 동경합니다. 구체적으로 발레댄서는 추진력을 위해 높이 뛰어 오르고, 공중에 머물며 동작하는 것처럼 보이게 자신의 축을 회전시키고, 또 다른 도약을 위해 몸을 무게 중심선 주위로 붙여서 착지하지요.

이와는 대조적으로 플라멩코 춤은 땅으로 힘을 집중시킵니다. 내면의 가장 높은 밀도의 에너지를 쏟아야 할 곳은 댄서의 두 발이 딛고 선 바로 그 바닥의 자리인 것입니다. 그 순간 댄서 내면의 심리적 에너지가 몸의 물리적인 대지 에너지로 전환되는 거지요. 다시 말하자면 플라멩코 춤에서 몸과 땅이 하나로 되는 바로 그 순간 몰아적 카타르시스가 일어납니다.

플라멩코 댄서에게서 중요한 주제는 곧 이 몸과 땅의 합일성, 곧 자신의 중력입니다. 요컨대 플라멩코 춤은 마치 어떤 강한 자력에 이끌리듯 그 근본을 땅에 둡니다. jh는 몇 년 만에 만난 로레나의 몸집이 날렵하였던 과거와는 달리 눈에 띄게 중후해진데 내심 저으기 놀랐다면서요. 플라멩코 바일라오에게 육체적 외형은 중요하지 않습니다. 그리고 무엇보다 그들은 발레댄서처럼 깃털처럼 가벼워지기를 바라지 않아요.

외향성의 Ballet : 내향성의 플라멩코

Jh Flamenco is a tragedy in the first person. 이 말의 의미가 플라멩코의 내면적 특성을 한마디로 표현한 말임을 요즘에서야 알게 되었답니다. 이 구절이 내겐 여간 애매하지 않아 한 동안 혼자 속을 태우다 급기야 로레나에게 물어보고서야 이해할 수 있었지요.

　'플라멩코는 너무나 개인적인 비극이므로 타자의 말이나 행동을 통해
　서는 그 비극적 체험이 표현될 수 없다.'

Sasha 그래요. 플라멩코춤은 매우 내향적입니다. 그리고 이 점은 플라멩코의 형식과 고전발레를 구별짓는 또 하나의 중요한 차이이구

요. 몇몇 댄서들의 다음의 말들을 한 번 음미해보세요.

'너는 너 자신을 위해 춤을 추어야 해'
'나는 솔레아를 춤출 때 나는 자신을 잊고 또 내가 누구인지도 모르게
됩니다.'
'플라멩코 춤은 춤추는 자의 내면 깊은 곳에 담긴 매우 개인적인 슬픔
이나 행복의 표출입니다.'

솔로로 이루어지는 춤은 본질적으로 내향적이거든요. 그 순간 댄서
자신 이외의 어느 누구와도 관련되지 않으니까요.

그렇지만 고전발레는 외향적 춤입니다. 발레는 충분히 넓은 공간을
요구합니다. 심지어 솔로로 춤출 때 조차도 발레는 무대의 전 공간을
활용합니다. 대조적으로 내향적인 성격의 프라멩코 춤은 아주 적은
공간으로 충분합니다. 어떤 경우 탁주 크기 정도의 지극히 작은 공간
에서도 플라멩코 춤이 펼쳐질 수 도 있습니다.

Maria 맞아요. 사샤 선생의 말씀 그대로예요. 나도 한 마디 거들까
요? 근본적으로 이 두 춤에는 미학적 차이가 있습니다. 기량이 최정
점에 이른 발레리나를 한번 유심히 관찰해보세요. 그녀의 빛나는 우
아한 젊음에 우리들은 매혹됩니다만, 좀 더 자세히 관찰해보면 그 발
레리나의 젊은 아름다움에는 성적 요소가 결여되어 있습니다. 그 매
력은 생식능력과는 무관하다는 뜻이지요.

플라멩코춤은 기본적으로 성적 유혹성 Eroticism을 띠고 있습니다.

그렇지만 이 에로티시즘은 관광지의 젊은 무희들이 불러 일으키는 천박한 호색성과는 관련이 없습니다. 척박한 환경에서 종족을 보존하고 대를 이어가기 위한 수단으로서의 에로티시즘인 것이지요.

Sasha 마리아가 요즘 나보다 플라멩코에 대해 더 해박해요. 요즘 독서를 많이 하시더니. 이 두 춤 간에는 또 중요한 차이가 있어요. 플라멩코 바일라오라의 경우, 그들은 대개 연륜에 비례한 긴 경험이 가져다 준 예술적 깊이와 완성도가 쌓이고 난 후에서야 비로소 명성을 얻게 됩니다.

어떤 댄서는 발레리나가 신발을 벗어야 할 나이에 처음 춤추기 시작한 후 60의 나이에 이르러, 그것도 뚱뚱해진 몸으로 정점의 기량에 이르런 예도 있답니다. 바일라오라의 여왕, 라 마카로나가 바로 그 댄서이잖아요.

이곳 헤레스에서 전설이 된 일화가 하나 있답니다. 뭔고 하니, 지난 20세기 초 이곳의 플라멩코 콘테스테에서 놀랍게도 우승한 여댄서는 아름답고 촛대처럼 가는 허리를 뽐내는 처녀가 아니라 80 나이의 할머니였었던 것이지요. 플라멩코 춤의 마력은 우리가 일반적으로 이해하고 있는 아름다움과는 관련이 없었던 것이지요.

Jh 마리아. 혹시 당신의 플라멩코 예찬은 젊은 여성에게 대한 질투심에서 비롯된 건 아니지요? 젊음을 잃은 할머니로서 말입니다.

저... 농담이니 괘념치 마시기를! 당신의 미소는 젊은이 보다 더 곱습니다.

듀엔데의 플라멩코 : 우아한 고전미의 발레

Sasha 플라멩코예술에서 가장 중요한 말은 듀엔데입니다. jh도 잘 아시겠지만, 플라멩코는 포도주와 깊이 연관되어 있습니다. 포도주에 젖은 몸에서 가장 깊은 노래와 춤이 나오니까요. 도취할 수 있는 자 만이 플라멩코를 진심으로 느낄 수 있다는 뜻입니다. 그런 의미에서 니체가 말한 디오니소스적 몰입이 플라멩코에 어울리는 표현이라면, 발레는 절제가 주는 우아한 아름다움 즉, 아폴로주의적 고전미에 어울립니다.

Jh 전에 플라멩코의 시규리어를 듣던 중 문득 뭉크의 절규와 고호의 어느 뒤틀린 교회 그림을 연상한 적이 있었습니다. 그 순간 플라멩코는 표현주의적 그림과 닮았구나 싶었어요. 화가의 격렬한 내면의 동요가 그대로 강력한 선과 리듬으로 표현되어진 20세기의 그림들 말입니다. 이 그림들은 엄격한 형식이나 고고한 절제성의 고전주의적 그림과는 거리가 먼 화풍을 이루고 있잖아요. 이를테면 밀레나 푸생의 그림 같은.

Sasha jh의 말에 공감합니다. 플라멩코는 도취의 경지에서 속내를 여과 없이 다 드러내는 예술입니다. 아름다움의 가면 뒤에 자신의 영혼을 숨겨두기를 거부합니다. 진정한 flamenco는 그런 것입니다. 깊은 춤은 번뜩이는 재치나 기교로 무장되기보다 거칠고 세련되지 못하나 원래의 순수성이 그래도 유진된 영혼의 몸짓입니다. 깊은 노래도 그렇습니다. 카라콜의 거친 소리는 이태리 테너가수인 스테파노의 벨칸토 목소리와는 전혀 다릅니다.

Jh 그래요. 깊은 노래는 오히려 한국의 노래 판소리에 더 가깝습니다. 카르손의 목소리는 내게는 우리의 소리꾼 박동진의 것에 더 어울립니다. 사샤, 아까 꺼내다 만 그 듀엔데란 말 계속해 봐요.

Sasha 요즘 마리아가 듀엔데를 자주 덜 먹이잖아요. 오늘 이 자리에서 jh에게 한 번 잘 설명해 주어요.

Maria 그라시아스 사샤. 그렇지만 내 스스로 체험해보지못한 듀엔데를 어떻게 설명할 수 있겠어요. 사샤께서 말씀해주셔야죠.

Sasha 그리스 신화에 디오니소스신은 원래 포도주의 신이었다고 합니다. 그리고 포도주는 속세의 시름을 잊게하고 도취케 하는 것이니 신비교의 쾌락의 신으로도 알려져 있습니다. 그리스에서는 이 디오니소스신을 위해 제를 지내는 풍습이 있었다고 하는데, 이 제는 광열성과 야만성을 띠고 있었다고 합니다. 열광적인 축제의 춤을 통해 사람들은 세속적인 중압에서 자신들을 해방시켜 자신들의 마음을 무한한 것에 합일시켜 했답니다. 플라멩코의 이 듀엔데는 곧 니체의 이

디오니소스 사상을 이해할 때 그 의미를 감지할 수 있습니다.

플라멩코에서는 엄격한 고고함과 절제된 우아함을 바탕으로 한, 이른바 아폴로적인 고전미 보다 고통과 쾌락의 소용돌이가 불러일으키는 디오니소스적 도취를 더 귀하게 여긴다는 듯입니다. 이에 반해 발레의 경우 엄격한 형식이나 고고한 절제성을 미의 근본으로 삼습니다.

그리고 대부분의 경우 발레댄서는 자신이 아니라 극중인물을 대변하는 배우의 성격이 더 강하지만, 플라멩코 댄서는 원래는 배우로서가 아니라 본인 자신을 나타내고 있을 뿐입니다. 카를로스 사우라의 영화 카르멘에서 처럼 플라멩코 발레가 최근 들어 주목을 받고있기는 합니다만.

Jh 이해할 만합니다. 코리아에서도 그런 도취적 샤머니즘 의식이 있습니다. 굿놀이중 신들린 무당의 몰아적 몸짓이 아마 그런 듀엔데와 유사할 것입니다.

하여간 오늘날의 플라멩코 춤도 그 생명을 유지하기 위해서는 공연자의 기교적 완성도, 독창성 그리고 무대 위에서의 프로기질에 한 가지 더 첨가해야겠군요. 춤군의 피 속에 흐르고 있는 그 듀엔데 말입니다.

jh

11. 세비야에
다시 간다면

스페인 여행 중 안달루시아의 수도인 이 곳 세비야를 두번이나 방문했으나 갈 때마다 정작 내가 보고싶은 곳들이 있는 도심엔 발을 들여다 놓지도 못한 채 버스 터미날 주변의 시 외곽만 맴돌고는 그냥 발길을 돌렸었다.

첫 번째는 그나라다에 머물던 중 달려가 그러했었고 두 번째는 카디스에서 무작정 탄 버스로 갔을 때도 그러했었다. 걸릴 것 없는 자유로운 여행 중이었는데 왜 그렇게 소심하게 당일 돌아갈 마지막 버스 놓칠까 싶어 그렇게 서둘렀는지 스스로도 궁금하다. 지금 나는 세비야에 여유있게 머물지 못한 게 못내 아쉬워 이 장을 열어 머리 속으로 다음 방문을 미리 아래와 같이 그려본다.

안달루시아의 수도 세비야로 향하기 며칠 전 마드리드에서 미리 인터넷으로 예약한 도심의 a 호스텔에 여장을 풀자 마자 칼레 데 로사리오 거리로 나섰다. 플라멩코 전용 공연장인 카페 실베리오의 위치를 미리 확인하고싶어서이다. 1860년대의 전설적인 칸타오르 실베리오 프랑코네티가 그의 고향 세비야에 설립한 이 플라멩코 카페에서 무대 가까이에 있는 자리에 앉아 공연을 보며 비노 블랑코를 마시고 싶어서이다.

셀레비오 프랑코네티는 이태리 집안 출신의 페이요(비집시)출신 가수로서 그의 투박한 목소리에는 칸테 특유의 거칠고도 달콤한 음색이 담겨있어 그의 노래를 들으면 그 소리에 홀려 들지 않는 이가 없었다고 했었다. 그는 오페라 가수가 되기를 갈망하는 어머니의 간절한 기대를 외면하고 플라멩코의 칸타오르의 길을 택한 인물이다. 그의 동시대 인물로서 그와 쌍벽을 이루었던 집시 가수인 토마스 엘 니트리(el Nitri)는 실베리오와는 한 무대에 서는 것을 거부했었다고 전해지고 있다. 실베리오가 집시 노래의 순수성이 결여되고 있다는 점을 명분으로 내세웠지만 사실은 그 실베리오의 명성에 대한 질투심 때문이었다는 것이다.

이 날밤 혼자 로사리오 거리로 들어서면서 문득 조선시대 양반 출신의 탁월한 비가비 판소리꾼 권삼득을 생각했다. 실베리오가 이태리 가곡의 성악가 대신 플라멩코 칸타오르의 길을 택하였던 게 연상되어 그랬을 것이다. 양반 출신의 비가비 소리꾼 권삼득은 순조때 흥보가로 판소리 명창으로 등단한 소리꾼이다.

판소리 연구가 이국자에 의하면, 그는 한국형〈놀보〉를 창출하여 그 특유의 희극적 재치로 우리 민족의 영혼 속에 담긴 어두움의 요소를 몰아내고 대신 그 자리를 밝음과 유쾌함의 새살로 꽉 채우게 했던, 희극적 카타르시스의 최고봉을 이룩한 명창이었다. 권 명창이 살았던 조선조 시대를 돌이켜 볼 때, 명문 출신으로서의 타고난 천혜의 혜택을 버리고 모든 사람이 손가락질 하는 천민계층으로 스스로 사회적 몰락의 길로 들어선 특이한 인물이었다. 다시 말하자면, 그는 어떤 제도나 구속에 얽매이지 않고 창조적 능력이 발현되는 삶을 살았다는 점에서 진정한 예술가였었다.

다음 날에는 이 도시의 투우경기장 라 마에스트란쟈(Teatro de la Maestranza)로 향했다. 헤레스에서 만난 바일라오라 사샤와의 특별한 만남을 위해 여행길에 나설 때 미리 준비했었던 와이샤츠 넥타이 양복으로 정장하고 마차를 타고 입장했다. 이번 여행 중 처음으로 씀씀이가 대담해진 일이다. 예매입장권도 엄청나게 비싸 엔간한 마음으로는 엄두도 못 낼 일을.

스페인에서 투우는 보통 경기가 아니다. 로마의 투기장에서 검투사들이 싸웠던 것처럼 사람과 짐승사이의 끝없는 투쟁도 아니다. 투우는 일종의 비극적 드라마로서, 전통적인 종교 의식처럼 장엄하고 멋을 부린 절차에 따라 사람은 살고 황소는 죽기로 되어 있는 스페인 특유의 의식이다.

'테르시오'가 시작되기 전 심판자가 흰 스카프를 흔들며 그 시작을 알리자 팡파르가 울린다. 황소가 풀려 나와 경기장 안으로 달려 오자 조수들이 페오네스(케이프)로 이 황소를 시험해본다. 이어 투우사가 경기장 안으로 들어와 이 황소와 맞서 파오네스로 여러번 파스를 한다. 이어 두 명의 피카도르가 짧은 침이 밖힌 창으로 황소를 찔러 황소의 힘을 약하게 한다. 이어 두번째 국면으로 접어들어 '반데리오'가 가시 밖힌 투창으로 황소 어깨에 꽂는다.

드디어 절정의 국면인 죽음의 '테르시오 데 무에르테'가 펼쳐진다. 투우사는 그의 칼과 작은 적색 케이프를 들고 심판석 앞으로 가 황소를 죽일 수 있는 정식허가를 요청한다. 그리고 그는 겨우 15분 동안에 달려드는 황소를 죽이는, 이 의식의 가장 위험하고 가장 어려운 부분을 수행한다. 이때 투우사는 케이프를 파스하는 기술, 우아미 그리고 용기로 관객을 열광시킨다.

그리고 서서히 무너져 내리며 죽음을 맞는 황소! 이 것이 바로 절정의 순간이다. 나는 이 순간 투우를 깊이 이해하였던 헤밍웨이의 글 '노인과 바다'에서 노인과 거대한 청새치와의 사투를 연상하였다.

아닌게 아니라, 플라멩코와 투우와는 언뜻 보기에 무관한 듯하나 자세히 관찰해보면 서로 놀랄만큼 밀접한 관계를 가지고 있다. 카를로스 사우라가 감독한 영화 카르멘을 보면, 마지막 장면에서 한 등장인물 안토니오(비제의 오페라에서 등장하는 돈 호세)가 카르멘을 죽일 때 그 칼은 투우사를 연상케 하고, 카르멘이 죽어 누운 모래 빛의 무대 바닥은 투우장을 연상케 한다. 이 영화 후반부의 대부분은 그 두 요소가 서로 선명하고 교묘히 얽혀있어 플라멩코와 투우가 사실상 어떤 연결고리에 얽혀있음을 나타낸다.

실제로 여러 점에서 플라멩코가 이런 저런 사유로 투우와 연관되어있다. 두 경우 다 집시족들이 주로 차지했던 생업이었다. 집시 출신의 플라멩코 가수 아우렐리오스 셀르즈는 투우 견습생인 노비예로였었다. 플라멩코 집시 무용수 후안 산체스 발렌시아는 춤추기 전 투우에 전념했었던 인물이었으며, 그의 춤 동작은 투우사의 몸짓을 연상케 하였다.

플라멩코와 투우는 그 둘 다 극적 요소와 표현의 양식화를 견지하고 있다. 플라멩코 춤과 노래의 경우 양식화된 표현성이 그 핵심적 요소이다. 마놀로 까라꼴Manolo Caracol이 그의 시규리어를 열창하는 모습을 관찰해보면 그가 공연의 극적 효과를 극대화시키기 위해 어떤 점을 특히 강조하고 어떤 점은 반복하며 그리고 어디에서 호흡의 흐름을 끊는가 등을 살펴볼 수 있다. 한 마디로, 카라콜의 노래는 속도와 리듬의 절묘한 조절을 통해 세심하게 양식화되어 있음을 느낄 수 있다.

투우의 경우도 이와 흡사하다. 한 낮 그 빛과 그림자의 대비가 극명한 투우장에서 벌어지는 투우의 과정, 속도 그리고 리듬이 독특하게 양식화되어 있다. 꼭 드라마 속의 장면들처럼 틀이 짜여있고 그 속의 등장인물인 투우사들의 몸동작이나 의상이 시각적으로 눈부시게 화려하다.

이런 점은 헤밍웨이가 '하오의 죽음'에서 투우의 극적 요소와 정형화된 구성을 실감나게 그려놓고 있다.

그리고 마지막으로, 세 번째 날은 11번 버스로 산 페르난도 공동묘지로 간다. 시인이자 투우사인 이그나시오 산체스 메이야스 Ignacio Sanchez Mejias가 잠들어 있는 곳이어서 그렇다. 모르긴 해도 이 인물만큼 플라멩코와 투우의 연관성을 가장 진하게 예증해주는 인물도 드물 것이다. 나는 플라멩코 댄서 라 아르헨티니타를 사랑한 그의 삶과 죽음에 깊히 매혹되어 있었던 것이다. 그래서인지 댄서 로레나를 생각할 때마다 나는 스페인의 그 시인 투우사와 그의 연인 아르헨티니타를 연상한다.

그는 1922년 투우계에서 은퇴한 후 플라멩코 공연자가 되었지만 투우의 유혹을 이기지 못하여 다시 투우장에 발을 들여놓은 상태로 플라멩코에 대한 열정을 이어 갔다. 그는 결혼한 몸이었으나 일생 동안 플라멩코 댄서 아르젠티니타의 연인으로 남아 그녀와 더불어 안달루시아 플라멩코 공연단을 설립하기도 하였다.

생의 최후를 투우경기장에서 맞은 이그나시오 산체스의 그 극적인 죽음은 로르카의 유명한 시 '이그나시오 메이야스를 애도함'에 잘 나타나 있다. 아래는 그 시의 제 4편인 '사라진 영혼'의 한 구절이다.

누구도 당신을 모른다, 지금은.
누구도. 그러나 나는
당신에 대해 노래하리라.
다음 세대를 위해 나는 당신의
인품과 우아함을 노래하리라,

당신의 이해력 깊음과 고결함을.
죽음에 대한 당신의 갈망과
그 죽음 언저리의 맛을,
그리고 당신이 지녔던 빼어난 기개의 슬픔을.

이제 그처럼 참되고 ,
그처럼 모험심 가득한
안달루시아인이 이 땅에 다시 태어나려면
얼마나 많은 세월이 흘러야 할까.

나는 그의 기품을 가슴 찌르는 말로
노래하리라.
그리고 올리브 숲에 이는
슬픈 산들바람을 기억하리라.

Nobody knows you. No. But I sing of you.
For posterity I sing of your profile and grace.
Of the signal maturity of your understanding.
Of your appetite for death and the taste of its mouth.
Of the sadness of your once valiant gaiety.

It will be a long time, if ever, before there is born
an Andalusian so true, so rich in adventure.
I sing of his elegance with words that groan,
and I remember a sad breeze through the olive trees.

jh

12. 타리파의
바람과 비수

　내게는 평소에는 가슴 깊은 곳 한 귀퉁이에 숨어있는 때때로 어떤 순간 나 자신도 모르게, 그것도 곁에 아무도 없을 때 살그머니 내 심안에 떠올라 아른거리는 한 여인의 젖가슴이 있다. 그 우유빛 젖가슴은 근 40년이나 지난 지금까지도 내 안에 처음의 그 감촉 그대로 아련히 살아 있다. 그녀의 마음이 열리고 그 젖꼭지가 처음 손에 닿았을 때 것잡을 수 없었던 나의 가슴떨림! 나는 그 이전 혹은 이후 어떤 경우에도 그렇게 격렬한 가슴 쿵쿵거림을 느껴보지 못했었다.

　깊은 밤 어둠에 깊히 묻힌 그 목조건물 담벼락을 따라 움직이는 누군가가 살그머니 불이 켜져 있는 곳의 창틀 위로 얼른 기어 오르는가 싶더니 안쪽에서 가만히 열어주는 그 창문 안으로 빨려들듯 사라졌다. 주변의 땅은 어둠에 묻힌 채 고요하고 하늘에는 별들이 반짝이고 있었다.

　내 청년기의 어느 시기에 어둠과 빛의 해저동굴로 빨려드는 느낌의 그런 숨막힘의 한 순간이 있었다. 나타날 때마다 혼자만 몰래 그 촉감을 느껴보는 내밀한 보물이었던 그 젖가슴은 언젠가부터 끝이 예리한 비수가 되어 내 마음의 살갗에 닿기 시작하였다. 그리고 그때마다 짧은 통증을 느끼게 하였다. 한번은 화가 이정남의 그림 '대숲 바람'을 감상하고 있을 때 그러했었다. 강풍에 부러질 듯 휘어지는 대나무 숲 머리 위에 이 작가가 그려넣은 바람의 소리를 느끼면서부터였다. 대나무 숲에 쌓인 눈과 화선지의 여백, 곧고 굵은 대줄기와 탈속적 심의의 먹물선, 그리고 안개 낀 대나무숲길을 응시하던 중 그러했었다.

이 화가의 그 '대숲의 바람'을 글로 표현하기 위해 밤낮으로 집중하였던 지난 일주일은 세속적인 삶이 주는 애련과 희로로 마음이 자주 탁하기 쉬운 내게 얼마나 정갈한 시간이었던지! 그렇다. 돌이켜 보니 그 젖가슴은 '대숲의 바람' 같은 것이었다. 탁해져 속되기 쉬운 내 심안을 끊임없이 씻어주는.

이에 더하여, 그 비수의 끝이 내 육신의 살갗에 마저 통증을 불러 일으키기 시작한 것은 지난 여름 화가 김복남의 장미꽃 그림에 대한 아래의 글 '그림읽기'를 쓰고 있을 때부터 였던 것 같다. 아마도 그 그림에 집중하면서 읽게 된 서정주의 시 '신부'가 그 젖가슴을 연상케 하였던 탓이리라.

> 김복남의 어느 장미꽃 그림을 처음 보았을 때, 꽃이 담긴 소꾸리 뒤 먼 배경으로 아득히 물안개 자욱한 수평선의 형상들이 심안에 포착되었습니다. 그녀의 그림은 화폭의 평면 안 깊은 곳으로 시선을 끌어들이는 힘을 가지고 있나 봅니다.

김화가의 그 꽃 그림을 두번 째 보았을 때, 장미꽃 소쿠리의 형체가 반쯤이나 추상의 다홍빛 여울 속으로 녹아들고 있었습니다. 그녀의 거침없는 유려한 붓놀림에 얼핏 모네풍의 인상주의적 분위기가 연상되면서 말입니다.

그 그림을 세 번째 보았을 때, 꽃 소쿠리 너머 먼 수평선 위로 문득 시인 서정주의 연지 곤지 찍은 '신부'가, 초록색 저고리에 다홍치마를 입고 앉은 첫날 밤의 그 신부가, 신기루처럼 눈 앞에 아른거렸습니다.

철딱서니 없는 신랑이 어처구니없는 이유로 신부를 그대로 내버려둔 채 휑하니 방을 나가버렸다고 그 시인은 말했거든요. 그 후 40년인가, 50년의 세월이 지났을 즈음 어떤 볼일로 그 마을에 들리게 된 신랑이 옛 생각에 그 신부집을 다시 찾아 옛 신방을 살그머니 열어 보니 ,놀랍게도 첫날밤의 그 신부가 초록색 저고리에 다홍치마 입은 그대로 앉아 있었더랍니다.

환갑 진갑 다 지났을 그 신랑은 하도 안쓰러워 신부 곁으로 다가가 가만히 어깨를 껴안아주려 했더니 신부는 그만 초록색 재로, 다홍색 재로 스르르 무너져 내리고 말았답니다. 세 번째 본 그 그림 속엔 그 시 한구절이 담겨 있었습니다.

　나는 어머니의 젖가슴을 그 누구보다 오랫동안 독점적으로 소유할 수 있었던 유년기를 보냈다. 초등학교에 들어가기 직전까지의 긴 유소년기 내내 어머니 품에 가장 가까이 누워 그 젖을 소유할 수 있는 위치가 보장되어 있었던 것이다. 나를 그 품에서 밀어낼 만한 힘을 가진 경쟁자가 사실상 없었기 때문이었다.

무엇보다도 아버지를 의식할 필요가 없었던 것이 가장 큰 요인이었다. 한 일주일에 한번 정도 집에 들어오시는 아버지가 잠을 잘 때에는 언제나 안방이 아니라 그 옆 방에서 어린 아들인 나를 품에 끼고 잠드시는 것이었다. 그래도 어머니는 궁금스럽게도, 나를 포함해 6남매를 낳으셨다. 그리고 소년시절의 나는 시집장가만 가면 남편과 아내는 한 방에서 잠을 자지 않아도 아들 딸이 저절로 생기게 된다고 여겼었다.

다음은 나의 형제들 사이엔 보이지 않는 서열이 정해져 있었던 것이다. 일차적으로 누나는 처음부터 나의 경쟁가가 아니었다. 내가 종갓집의 장손으로 태어나면서 누나 스스로 일찌감치 어머니 곁 제일 안쪽 자리를 남동생인 내게 양보해버린 것이다. 그리고 바로 아래 여동생 또한 스스로 알아서 빠져주었다. 집안에서 그 중요도에서 나의 상대가 되지 않았으므로 그 여동생은 내가 포만감에 빠진 틈을 타 눈치껏 어머니의 젖가슴 곁으로 다가오는 게 고작이었다. 그리고 막내 누이동생의 경우 젖먹이 기간이 지나자 마자 내가 완력으로 아예 그 동생의 자리를 빼앗아버리고 말았었고.... 아들 장가 보낼 나이인 그 누이는 지금도 오빠는 자신만을 아는 사람이라고 좋아하지 않는다.

유소년기의 나는 한낮 썰물 때 바다로 내려가 갯벌의 바위틈에 몸을 숨긴 꽃게의 집게발과 싸우고 집으로 돌아오기가 바쁘게 어머니의 가슴을 뒤졌고, 저녁 놀 천둥소리에도 어머니 품으로 달려가 그 젖가슴을 두 손에 쥐고서야 잠이 들었던 것이다. 환갑이 지난 나이에도 시도 때도 없이 매달렸던 노모의 그 마음의 젖가슴은 지금 창원과 함안이 서로 만나는 천주산의 한 계곡 깊은 곳 양지쪽 진달래밭에 잠들어 있다.

또 하나 귀한 젖가슴이 있다. 아내의 젖가슴이 그것이다. 아들 딸 하나씩 길러낸 그 젖가슴은 나의 손이 닿기엔 너무 멀리 있다. 지금 3살박이 외손자가 나를 밀어내고 완전히 독차지 하고 말았다. 할머니 곁에 바싹 붙어앉아 전화로 이 할아버지에게 '할머니의 지찌가 엄마꺼 보다 더 이뻐'하며 즐거워 하는 것을!

Tarifa Atlantic Beach

지금 나는 바람이 드센 타리파의 바다 앞에서 한 편으로는 가슴 깊은 곳에서 마음의 살갗에 와닿는 그 비수의 끝을 느끼고, 다른 한 편으로는 육신의 눈이 부두에 정박한 모로코 행 페리호 쪽으로 걸어가는 아랍인 복장의 두 여인들을 뒤따른다. 그녀들이 방금 내 곁을 스쳐 지나며 남긴 이국적인 향기가 코 끝에 남아 있어서이다.

jh

13. 마드리드의 선물

0월 0일

로레나에게

　지금 이곳은 다시 마드리드입니다. 혼자 스페인에 날라와 처음 머물 렀던 호스텔 매드에서 그때처럼 상그리아를 큰 잔으로 마시며 지난 한 달간의 안달루시아 여행길을 뒤돌아보고 있습니다. 처음의 그 큰 잔은 스페인으로의 긴 비행 후 낯선 땅의 첫 숙소에 무사히 안착한 것에 대 한 안도의 잔이었고, 두 번째 것은 수도승이 그럴 것 같은 탈속적인 몸 과 마음으로 나섰던,그리고 영어가 거의 통하지 않아 애를 먹었던 안달 루시아 여행을 무사히 끝낸 데 대한 자축의 잔이었습니다.

　어디에서나 플라멩코 –춤과 노래 그리고 기타소리– 가 있는 곳이면 나는 언제나 그곳에 내 발걸음을 멈추었습니다. 해안에서 빛과 파도소 리로 가득한 새벽을 맞은 카디스에서도, 밤이면 플라멩코가 들리는 곳 으로 향하였습니다. 여행 전의 어떤 내면의 목마름–그게 무엇에 대한

목마름인지 나 자신도 알 수 없는– 을 석류라는 이름의 땅 그라나다에
서 탐욕스럽게 달랠 수 있었습니다. 그 도시는 내게는 2주일 이상이나
내내 취해 있었던 '알라바바의 동굴'로 기억될 것입니다. 워싱턴 어빙이
그의 책 '알람브라 이야기' 책에서 그 전설을 전해주었던 알람브라 성의
야경에 감탄하였고, 플라멩코 동굴 속의 집시무희의 소리와 춤에 취하
였고 그리고 거리의 젊은 여인들의 아름다운 자태에 매혹되었습니다.

　카디스는 그라나다와는 달리 새벽의 도시였습니다. 해안가 내 발 밑
에서는 남해안 육지섬의 한 절벽아래로부터 들리던 것보다 더 웅장한
파도소리가 이곳의 새벽을 두드리고 있었습니다. 그리고 아득히 하늘
과 맞닿은 수평선으로부터 뻗쳐와 어둠을 걷어내는 그 빛살로 새벽을
열고 있었습니다. 이곳의 밤에는 단 한 번 ,그러나 충만감으로 플라멩
코 춤에 홀려 들었습니다. 그것은 무대를 압도하는 남자 무용수의 춤이
었습니다.

Malaga

말라가(Malaga)는 이번 여행길에서 처음으로 바다냄새를 맡은 곳입니다. 그 냄새는 내 유년기부터 내 코에 익은 것입니다. 갯벌 속의 작은 게들의 숨 구멍 가의 뻘내음, 철새들이 물결 위를 스쳐날며 일으키는 갯물의 물거품, 파래 속을 후벼들며 노는 작은 물고기떼들의 비늘내음 등등, 나는 유년기부터 갯내가 내 코에 익어 있습니다. 또는 비를 머금은 해풍의 내음까지도. 나는 이곳에 와 단 한 시간도 채 머물지 않았습니다. 그라나다에서 불현듯 그리워지는 바다내음을 맡고 싶은 마음에 그냥 달려와 폐부 깊숙이 들이마시고 싶은 욕망이외엔 아무 것도 바라지 않고 이 해안으로 왔으니까요. 그날 바다는 내 유년기의 그 작은 바다처럼 잔잔햇습니다. 두 남자의 한가로운 낚시질, 바위 틈새로 기어다니는 주먹만한 게와 그 아래 물밑 고기떼의 그 은빛 퍼득임 등이.

헤레스(Jerez). 그리고 포도주 향기가 한낮 그곳 도심의 산타아고 구역과 플라멩코 문화원에 이르는 골목길 마다 가득한 그 도시에서, 어떤 때는 공연 전 담배를 손에 든 무희들의 낮은 소곤거림이 그리고 어떤 때는 기타줄을 손질하는 기타리스트의 출렁이는 검은 머리칼이 포도주에 취한 내 시선을 빼앗곤 하던 그 낯선 땅에서 내 머릿속에 끝없이 맴돌던 말은—Flamenco is the tragedy in the first person. 로레나 당신이 그 뜻이 어느 누구와도 나눌 수 없는 개인적인 너무나도 개인적인 뼈저림의 뜻이라고 알려주었던 그 구절이 떠오르며, 아 그래서 내가 플라멩코를 사랑하나보다 하는 생각이 퍼뜩 들기도 했습니다.

마드리드는 안달루시아와는 그 문화적 분위기가 좀 달랐습니다. 프라도 미술관 앞 고목 밑에 앉은 한 거리악사가 기타로 바하 곡을 연주하고 있었습니다. 나는 그 바하 곡에 붙들려 한참이나 그 나무 아래에 서 있으면서 그 소리에 내 영혼의 땟국이 씻겨나고, 내면에 깊게 숨겨진 상처가 그 순간이나마 치유되는 듯한 희귀한 느낌을 받았습니다. 그러면서도 이 곡은 근엄하지 않은 목소리로 그리고 기를 죽이지 않는 손짓으로 내 마음을 충만케 했습니다. 그 소리는 하늘의 푸르름 같은 것이었고, 어린아이의 웃음 가득한 순수한 눈빛 같은 것이었습니다.

아닌게 아니라 이 도시에 다시 돌아오기 전 근 30여 일간의 안달루시아 여행길에서는 마음속의 열정과 도취의 시간 사이 사이 내면 깊은 곳에 숨어있는 어떤 비수가 속되기 쉬운 나의 영혼의 살갗을 틈틈이 찌르곤 했습니다. 헤레스에서도 카디스에서도 그러했습니다. 말라가에서는 그 칼날의 끝이 더욱 예리하였습니다.

0월 0일

로레나에게

가랑비가 내리던 이 도시의 어젯밤은 희귀한 시간이었습니다. 숙소 근처 한 바의 카운터에 혼자 앉아 비노 블랑코를 마시고 있었을 때였습니다. 유럽의 고전음악들이 가늘게 흐르고 있을 무렵 몇 년이나 끊고 지냈던 담배에 불을 붙이고 바깥 불빛 사이로 내리는 가랑비에 시선을 던지고 있었을 때였습니다. 세 번째 잔을 비울 즈음 불현듯 어떤 순수하고 건조한 고독의 향기가 코 끝에 감지되는 것이었습니다. 가랑비 속인

데도 그것은 축축하고 애잔한 외로움과는 다른 느낌이었습니다.

불현듯 내 곁에 사춘기 또래의 한 천진한 소년 — 언젠가 이 세상에 태어나 10여 년이나 긴 유소년기를 거쳐야 비로소 존재할 수 있는 — 이 앉아 나를 바라보고 있는 게 아니겠습니까!? 그 소년의 호기심 가득한 눈빛 하며, 따져 묻는 그 질문에 그 순간 나는 얼마나 행복해 했던지!

이 여행 중에 내게 가장 큰 선물은 오늘 마드리드에서의 이 환상, 언젠가 이 땅에 태어나 나와 더불어 여행하기를 기대하는 이 손자와 둘이 나눈 앙드레 지드의 글귀 같은 아래의 이 대화몽상일 것입니다.

　……
　……
　나는 오랫동안 갈지 않는 넓은 땅을 헤매고 돌아다녔어.
　황야인가요?
　언제나 황야만은 아니었다.
　거기서 (할아버지는) 무엇을 찾고 있었나요?
　나 자신도 모르겠어.
　……
　……
　할아버지, 웨이터 어깨 너머 저 벽장 위를 한 번 보세요.
　저간 야생 석류가 아니야. 크게 벌어져 속이 다 보이는구나.
　저 야생 돌석류는 말인데요, 쓰기는 하지만 생각만 해도 우리의 목마름을 금방 달래주잖아요.
　아, 그렇다면, 이제 그것을 이야기 할 수 있겠다. 황야에서 내가 찾고 있었던 것은 바로 그 목마름이었다. 앙드레 지드가 말했던 것처럼.
　글 쓰시고 싶어 그러신 거예요. 제 말이 맞죠, 그렇죠?

......자, 이제는 내가 물을 차례야. 요즘도 넌 장래에 천문학자가 되고 싶어? 심심할까봐 사준 그 기타 연습도 잘 하구?

전 기타보다 축구공이 더 좋아요. 그래서 요즘은 축구해설가가 되고싶어요. 선수들 사이에 끼어 여러 곳으로 돌아다닐 수 있게요. 선수는 안 될 것 같아요. 마라도나처럼 타고난 재능이 있어야 좋은 선수가 될 게 아니겠어요?

그래, 그것도 좋겠구나. 그런데 이 할아버지가 너에게 바라는 것을 이야기 좀 해 볼까?

뭔데요?

어떤 분야의 인물이 되던 외국어를 서넛, 특히 스페인어와 영어 그리고 불어를 구사할 줄 알아야 해.

그렇게나요?

그럼, 그리고 무엇보다 낯선 땅의 술맛으로 문학적 상상도 키우고.

할아버지처럼요?

abrazos

0월 0일

로레나에게

이제 집에 돌아가면 남원 땅의 소리꾼들 곁으로 가 그들 곁에서 북채를 잡으리라. 고수가 되리라, 아니면 다시 이곳 안달루시아의 세빌라로 다시 날아와 팔마스를 배우리라.

아니야, 우리 가곡 금강산을 로레나로 하여금 춤추게 하고싶다. 그 노래에 담긴 슬픔의 이슬방울들을 그녀로 하여금 춤추게 할 수 있다면.

아니야 그것도 아니야. 내게 주어진 내면의 힘은 글쓰기에 모두어져야 해. 그것만이 내가 제대로 할 수 있을 뿐인걸.............

오늘은 이 여행을 끝낼 차비를 하며 이렇게 혼자 중얼거리고 있습니다. 이상하게 들릴지 모르겠으나 이번 여행 중에 나도 모르게 익숙해진 것은 이런 독백의 버릇입니다.

adieu

jh

내 삶의 흐름 중에 버틀런트 럿셀을 두 번이나, 그것도 아주 절실한 싯점인 청년기에 한번 그리고 그 시기로부터 근 40년이 지난 노년기에 또한 번, 만난 것은 내게 여간 큰 행운이 아니었다. 풀어 나가야 할 삶의 큰 숙제 앞에 그저 막막하기만 하였던 20세 이전의 청년에게 럿셀이 내게 귀뜸해 준 말이 있었다.

대충 아래의 세가지의 삶이 그것이었는데, 글쓰는 일 만큼,그것도 내 분수에 맞는 작은 글을 쓰는 일 만큼, 중요한 것이 없는 지금의 나의 삶의 형성에 그의 이 한 마디 훈수가 알게 모르게 깊은 영향을 미쳤으리라.

미지의 세계에 대한 지적 추구를 중단하지 말게.
나는 불행한 자에 대한 연민의 정을 소홀히 여기지 않았다네.
그리고 내 가슴엔 평생동안 아름다움에 대한 동경이 가득했었다네.

지금의 내가 이 글, '한 여행자의 플라멩코 이야기'를 준비하느라 작년 한해 내내 주로 창원대학교 도서관에 묻혀 지내던 중 두 번째로, 운 좋게 우연히 만나게 된 그 철학자가 이번에는 방향감각이 때때로 흔들리곤 하던 내 삶을 다음의 몇 마디의 귀절로 바로 잡아주지 않았겠는가. 어떤 이들에게는 범상한 말로 들렸을지 모를 이 귀절이.

> −이제 당신의 삶은 본인의 개인적인 것으로부터 점점 우주의 생명
> 속으로 흡수되어가고 있음을 잊지 말게나−
> ⟨···· The best way to overcome it-so at least it seems to me- is
> to make your interests gradually wider and more impersonal,
> until bit by bit the walls of the ego recede, and your life
> becomes increasingly merged in the universal life.⟩

그의 이 훈수에 나는 얼마나 큰 안식을 얻었던지! '나는 이 두 번째 만
남에서 니체의 그 말을 연상하였다. 내가 베토벤을 몰랐다면 내 인생은
오류였을 것이다.'

나는 지금까지 살아오는 내내 내 삶과 관련하여 속으로 자주 탄식하며
지냈었다. 내가 알고 있는 것은 내게 아무 쓸모가 없고, 정작 필요한 것은
아무것도 모르는 것 뿐이니! 이제는 그런 탄식을 하지 않고 내 삶을 받아
들일 수 있으리라.

이 글, '한 여행자의 플라멩코 이야기'를 나 자신이 더없이 귀하게 여기
는 것도 바로 그 점 때문이다. 그런 뜻밖의 깨달음과 만나게 된 게 이 글
작업 중이었다는 뜻이다.

끝으로 이 글의 바탕이 된 스페인 여행 중 로레나와 나는 이메일 교신
을 영문 그대로 담아 올렸다. 현장의 감성이 담긴 원문이 번안된 문장보
다 더 소중할 것 같아서이다.

그리고 이 글 '한 여행자의 플라멩코 이야기'의 후기에 플라멩코 전문작가 봅 마틴의 글 '플라멩코의 특징들'을 요약하여 덧붙인다. 플라멩코에 대한 균형잡힌 이해를 돕기 위해서이다. 자유로운 산문작가로서 내가 이 글 속에 담고싶었던 것은 문학적 향기이지 플라멩코 해설이 아니었던 것이다.

오늘날의 플라멩코

-봅 마틴

플라멩코 댄스의 특징 및 기본 개념

플라멩코는 스페인의 남부지역 안달루시아에 그 뿌리를 둔 스페인의 한 예술형식이다. 이 춤과 민속적 노래가 어떻게 이루어져 왔는지를 짐작케 하는 단서들은 있지만 그 세부내용들은 역사 속에 묻혀버린 탓에 이에 대해 자세히는 알 길은 없다. 심지어 그 말의 기원조차 애매하다. 어떤 이는 1500년대, 찰스 5세 치하의 플랑드르 귀족들에 그 어원을 두고 있다. 이들의 화사한 의상이 화려하거나 이채로운 것들에 붙여진 말 이를테면, '플라밍고나 플라멩코'에서 비롯되었다고 말하고 있다.

다른 이들은 또 플라멩코는 - 여전히 이 플랑드르족과 연관되어 - 집시족에게 잘못 이름 붙여진 것이라고도 한다. 더 나아가 어떤 이들은 그 어원은 아랍어로 노래하는 일꾼이라는 펠라 망구 - fellah mangu - 에서 비롯되었다고도 한다.

플라멩코의 특징들

플라멩코는 아쿠스틱 기타연주, 노래, 영탄(chanting), 춤 그리고 단음적 박수의 화합물이다. 플라멩코 춤꾼은 정열적으로, 심지어 고통스런 표정을 띠고 춤춘다. 그러면서도 결코 우아함과 기품을 잃지 않는다.

기타－한 명 혹은 여러 명의 기타리스트－그리고 소리꾼과 춤군들의 빠른 리듬의 손벽치기가 무대를 장악한다.

플라멩코 손벽치기는 예리한, 거의 연결된 소리를 낸다. 춤꾼을 제외한 무대위 공연자나 기타리스트는 왼팔은 조용히 붙들어 둔다. 왼팔은 팔꿈치에서 굽히고 손은 목 높이에서 약간 안으로 컵 모양을 이룬다. 이 때 오른손 가락들은 이 왼손을 십자형으로 치며 그 오목한 부분을 채우듯 왼손과 어울린다.

스스로 이를 한번 시도해보라. 두 손이 그렇게 어울리지 않으면 손벽소리는 덤덤할 뿐이다. 두 손이 정확히 잘 만나면 그 소리가 제대로 들린다.

무대 위의 춤꾼은 처음 즉시 춤을 시작하지 않고 기다리며 기타소리, 손벽, 그리고 노래에 몰입한다, 마음이 동할 때까지.

미국의 재즈처럼, 플라멩코 춤도 즉흥성을 띤다. 이는 춤꾼의 순간적인 정서가 자연스럽게 표출되어 나타나는 현상이다. 이 상태를 스페인어로 듀엔데라고 부른다. 이 말은 선계fairy를 의미하는데, 플라멩코 댄서에게 이 말은 춤에 영감의 불꽃을 일으키는 내면의 힘을 뜻한다.

듀엔데에 몰입한 춤군은 기교적인 완벽성을 넘어 정서의 분류를 터

트리며 모두를 그 강력한 춤의 회오리 속으로 빠져들게 한다. 노래 부르지 않는 이들은 올레! 바일레,바엘레! 라는 추임새로 소리 지른다. 관객으로서 당신에게 좋은 플라멩코란 보는 것이 아니라 느끼는 것이다.

다양한 영향의 결과물인 플라멩코

스페인－프랑스 국경을 따라 내닫는 피레네 산맥으로 인해 스페인은 역사적으로 유럽 문화의 주류와 단절되었다.

그러나 이 나라는 지중해를 따라 수백마일의 해안선이 펼쳐져 이 바다와 서로 접하고 있는 문화 뿐 아니라 그 바다 너머 먼 곳의 문화까지도 흡수하게 되었다.

이런 탓에 스페인의 민속음악은 다른 유럽문화권에서 우리들이 볼 수 있는 것과는 완전히 다른 것이 되고 말았다.

플라멩코는 다양한 영향들이 뒤섞여 형성된 문화적 결과물이다. 그 중 가장 초기의 영향으로서는 인도의 힌두교 춤, 고대 그리스 비극의 애도시, 그리고 로마제국의 무언극을 들 수 있다.

로마제국 시대에 이르러 안달루시아 춤은 이미 번창하여 상당한 명성을 누리고 있었다. Pliny, Strabo 그리고 Martial의 문헌에 당시 사용되었던 카스타네트를 치며 춤추는 카디스 처녀들이 등장하고 있다.

로마의 통치 아래 있던 때에 많은 유대인들이 스페인으로 유입되었고, 이로 인해 유대교의 예배송가가 스페인음악 속으로 흡수되기도 하였다.

서기 711년에, 무어족의 전사 타릭이 지중해의 서유럽의 끝에서 유럽과 아프리카를 갈라놓은 좁은 지블랄탈 해협을 건너 스페인을 정복하였다. 그로 인해 스페인의 안달루시아는 근 800년이나 아랍문화의 영향 아래 놓여있었다.

무어족의 스페인 점령 초기에, 새로운 문화가 지배력을 지니게 되었을 무렵, 지리야브(Ziryab)라는 한 저명한 무어족 가수가 코르도바에 정착하였다. 결과적으로 그가 소개한 노래들이 스페인 음악의 상당 부분을 이루게 되었던 것이다.

지리야브는 류트라는 특별한 현악기를 들고다녔다. 원래 이 류트는 4개의 현으로 이루어져 있었으나 그가 하나를 더 추가하여 현이 다섯 개인 류트로 개조하였다. 이 5줄로 된 류트가 안달루시아에서 오늘 날의 스페인 기타로 자리 잡게 된 것이다.

안달루시아 전역에 세워져 있는 이슬람사원의 미나렛 첨탑 높은 곳에는 기도시각을 알리는 무에진 승직자가 신도들에게 코란을 낭송하며 기도하라고 알린다. 그 때 그들의 이 외침소리가 안달루시아의 노래에 특별한 음색을 입혔다.

15세기 경에 최종적으로 집시족이 스페인으로 들어와 그들 중 상당수가 이 안달루아시아에 정착하게 되었다. 이들은 이 음악에 비극성과 비감성의 깊이를 더하게 하였다.

집시족들은 다양한 부류의 변형율(strains)을 플라멩코 속으로 통합시켰던 것 같다. 이들은 칸테 혼도(깊은 노래)를 개발하여 대중화시켰다. 이 칸테 혼도라는 말을 소리꾼이 이르는 정서적 깊이를 의미한다.

그 기원은 고대에 두고있지만 실제 플라멩코가 독자적인 자리에 서게 된 것은 1700년 이후부터였다. 뒤이어 18-9세기를 거치면서 번창하여, 대략 1875에서 1900년 사이 그 인기가 절정에 이르렀다. 실제로 그 시기에는 안달루시아의 도시마다 플라멩코 카페가 있었고. 몇몇 예외가 있었지만 대부분의 소리꾼과 춤꾼은 집시들이었다.

플라멩코의 여러 형태들

플라멩코 노래에는 십여 개 이상의 종류들이 있다. 그 중 상당수가 영탄이다. 고전적 형태의 하나인 페테네라Petenera는 페테네라라는 한 아름다운 처녀 – 그녀 자신이나 그녀 마을에 불행을 가져다주는 – 이야기이다.

어떤 노래들은 그 노래가 유행한 마을들의 이름에서 따온 것으로, 이를테면, 그라나디나스(Grenada), 말라게냐스(Malaga), 로데냐스(Ronda) 그리고 세비아나스(Seville)가 그것들이다. 어휘들은 제 각각이었고, 노래 소리 또한 소리꾼 마다 다양한 형태들이었던 것 같다.

플라멩코의 노래와 춤은 공연자나 지역에 따라 서로 다르게 표현되긴 했으나, 그럼에도 불구하고 그것들 모두 한 가지 공통된 요소-감성-을 띠고 있다. 옳게 이루어진 플라멩코는 관객에게 감동적인 깊은 체험이 된다는 점이다.

플라멩코의 진수를 볼 수 있는 곳

불행히도 오늘날 많은 플라멩코는 관광용으로 무대에 올려져 그 본질이 바래져있다. 공연자들은 뛰어난 기교로 춤과 노래를 보여주나 그속에 듀엔데가 결여되어 있다.

좋은 플라멩코를 접할 수 있는 최선의 기회는 여름날 안달루시아 전역에서 펼쳐지는 플라멩코 축제에 참여하는 일이다.

안달루시아 축제들-ferias-은 봄 여름 그리고 가을 초에 열리는데, 이 기간에 좋은 플라멩코를 볼 수 있다. 이 시기에 세워지는 대형천막들 사이로 저녁 늦게 산책에 나서보라. 그러면 당신은 안달루시아인들이 스스로 모여 함께 몰입하고 있는 자생적 놀이의 춤과 노래를 볼 수 있을 것이다.

이메일 편지들

편지 1

Dear Laurena!

How are you doing? Are you happy with the daughter
you told me about!?
Now I am here in Madrid for a one-month trip to Spain,
enjoying full freedom, though in a great deal of inconvenience
that a stranger has to endure.
The second day I was not a little at a loss
because I could not find out the way back to the hostel I am staying.
But I am happy, sharing smiles with a variety of youth
and noisy sound of Spanish pronunciation.
I am going to vist Jerez around April 10 where Maria lives.
Granada is the most interesting to me now,
where I want to spend as many days as I can.

Thinking of you,
jh

편지 2

Dear Laurena!
How are you doing? Just a note to say hola!

With the Gran Via calle of Granada as a center of my
temporary residence, I am enjoying a traveling life here,
some in loneliness and some in sweet freedom.

At a night in a Bar tasting flamenco over Jerez vino,
cante n baile, at another night in a cafeteria listening flamenco music,
I have appreciated the exotic air of this city, warm and sweet.

One day I have been to Malaga by bus to see the sight
of the Mediteranean sea I always have been longing, and another day
I had a nice lunch at a street cafe in Seviila full of arabic atmosphere.

Last night I tried 2 times in vain to email Maria.
probably owing to the internet problem

I will have 10 days more in this city reading
'the tales of Alhanbra' by Washington Irving I love.

love
jh

Dear Joon!

Oh my goodness! I am so excited for you!
Granada is a magical city- you will love it so very much.
While I love the Granada is my favorite of all.
I cannot wait to hear about your adventures. Please be safe and enjoy!

We do not have our daughther yet, there were some complications with the adoption process, but we are trying to be patient!

Abrazos!
Laurena

편지 3

Dear Laurena!

Cadiz is coming closer to me as a city of light, sea sound,
and the wind on the top of the trees.

Granada was going farther and farther from me as a city of shadow,
silience, and grey glory.

I am excited in Cadiz as if in my boyhood, to see seegulls flying over me,
and anticipate the shining silver backs of fish that I used to.
I was triste at dawn back in Granada to see in the dream
my mother looking at me in silence and be reminded of a saying:
I Taste blood in my mouth when I sing deep song as I pleased.

At a hostel named Casa Caracol,
Abrazos
jh

Dearest Joon!

I am so excited that you are finally in Andalucia!

I wish that I could be there to experience it with you
- it is a magical place! I am sure you are finding all the inspiration
that you need to create your next work.

Thinking of you!
abrazos,
Laurena

편지 4

Dearest Laurena!

Granada
I see in the desolate desert of black gravels a grand marble
of abstraction in quadrangles,
Granada, light and shadow of our existential life.
I see in the darkness of a deep-clouded midday
a surprising dawning of poetic dim twilight
somewhat in fear
somewhat in wonder.

I hear two girls on the street
one of whom enchants my eyes with her twinkling white gem
of smile on her egg-shaped face whispering to each other.
It is a tragedy for the beauty to be living
a moment destined to be nothing
like morning dews
like the glory of Granada.

Longing for the sea,

jh

편지 5

With my concentration on the sea,
I have spent 5days here in Cadiz of the sea sound.

Here with Cadiz as my temporary residence, I have been to Morroco.
Through Tarifa, the earth of the wind, crossing the Gibraltar,
the Atlantic ocean on one side and Mediterrian sea on the other side,
at cadiz I have got again the seafever I suffered in my youth.
The seafeve in my mind has come into my body as a cold
which is bothering with some fever, of course not serious.
To me while Granada was the cave of flamenco,
Cadiz is the dry land of seasound.
Now I am wondering what land the Jerez would be.
Probably...... flamenco and seafever.

Thinking of you,

jh

편지 6

Buenos dias!

It is in Jerez that I understood more what flamenco
is in essence through cante with no guitar accompaniment.

It is here in Jerez that I could irrsistibly stand the temptation of tabaco no more.

It is also in Jerez that I read a quotation
of deep song as below:

Una noche oscurita

Yobiendo estaba;

Con la lus e tus ojos

Yo m alumbra

Baile seems to me much deeper and more imaginative in art than those of any other cities where I stayed in Spain.

Tomorrow I shall have spended my last night in Jerez where unfortunately I would fail to contact Maria by email y by phone call owing to my ignorance of Spanish.

Feeling now the call of tabaco in the pocket,
jh

편지 7

Hi, Laurena!
I am back again safe, but Sangria-drunken in Madrid thinking of my precious Spain trip.

Madrid will be a city of rain with a sweet hostel named Mad where I would spend nights again comfortable in English.
The first night in this city it was drizzling.
And now again I am looking at the scene outside drizzling

through the window of running Secorbus into this city.
Granada would be a city of artificial caves for flamenco filled with
past legend of glory which Washington Irving loved.
Cadiz, a bahia of sea sound reminding me of the pier of Moby Dick
written by Hermann Melville,

Malaga, the first place triste where I first breathed in the sea smell
during my Spain trip for Flamenco.
Jerrez, an inspiring city, full of sherry smell bitter and dry,
keeping flamenco as what it is in essence, indispensible for my writing .

Thinking of New Orleans,the home of Jazz in Amenica,
together with the saying by Garcia Lorca:
flamenco is the tragety in the first person,

Abrazos
jh

Dear Joon!
I am so glad you have made your way to Jerez,
my home away from home! I am even more happy to hear from you,
to know you are safe and that you are fulfilling your dream
to travel in Spain!

Abrazos,
Laurena

편지 8

Dear Laurena!

Madrid is a little different from Andalusia in the cultural atmosphere.
Here in front of Museum of Prado I got a rare precious experience
of my soul being purified, listening to the music of Bach played
by an anonymous street guitarist.
It seems that this city tries to resist to Andalusian flamenco.

There in Jerez, you know, I experienced a deep feeling
of my eyes being wet in stoic resignation through flamenco cante.

listening to the rainig sound outside,
jh

편지 9

Dear Laurena!

My visit to this city, Madrid would be just a short tourism,
If I had not had a good luck enough:
- to meet a street guitarist playing a Bach,
- to take a long walk in the Museo of MNCARS
where I stood for a while before a modern painting titled
Luvre together several modern artworks familiar to me through books,
- and to step in an old-timed cinema hall which gave me
as a gift a movie regarding Carmen Amaya dancing flamenco.

Oh,I can never forget a drizzling night in this city!
Then I sat in a bar alone with my ears completely

given to some classical musics over vino blanco and tobacco.
That was an rare experience to smell a deep solitude,
a kind of an ordor of nostalgia, pure and dry.
It was different from loneliness, heart-wet and sorrowful.
A night ahead of my flying back home,
jh

편지 10

Dear Laurena!

Hola, Como estas?
Are you back home in Portland from South America,
Happy with your newly-got daughter?
Are you good?
I am welcoming every sun-rising, sound and comfortable,
by reading n listening to flamenco and learning by myself
Spanish language and, by preparing to write a series of
flamenco story 'a traveler's flamenco appreciation'
on a local newspaper here.
Now, after returning home I am surprised to realize that I myself
have been in endless search of the bohemian way!
Thinking of the street guitarist in madrid playing
Bach,
jh

Dearest Joon!

I have been very busy as we leave for Guatemala
to visit our daughter on Thursday.
I will write of our adventures in Central America when I return.
I send you much love and am so grateful to have met you
in this lifetime!

Abrazos,
Laurena

편지 11

Dear Laurena!
Ole!
Nothing more amagingly moving to tear than the whispering
which a mami and her daughter share to each other!

In the future were I to be teaching literture and aesthicism,
following your flamenco lesson.

Deep in love of a mami n her beautiful daughter,
jh

Hello dear friends!

First, thank you for all the warm wishes and good thoughts
for our trip to Guatemala. It was an amazing experience.

While the travel was horrible (extremely delays in Texas both ways)
the rest of the trip was just fantastic.

Glenda Maria was more beautiful in person than in the photos
- in all ways.
She was loving, affectionate, and very independent.
We learned a little more about her sad and difficult past,
and I have to say that I admire her courage and strength
-- she has gone through a lot in her four short years.

Our time together was incredible-- filled with a great deal of love
and fun times. She loves to swim, color and play with
"My Little Pony". She loves music and danced a little
with me and I taught her
how to make "flamenco hands!" She slept with me,
and it was amazing to wake to her little hand touching
my face and saying "I love you, Mami!" Saying goodbye
to her was one of the most difficult things I have ever had to do,
as we cannot keep in touch with
her regularly over these next couple of months of waiting.
I cried quite a bit the day before saying goodbye,
but seeing how scared she looked when I cried,
I somehow pulled it together for the day of her send-off and kept a
smile on my face until she was well out of sight.

The attorney is trying to get her here before her 5th birthday, June 28.
We are keeping our fingers crossed!

I want to thank you all again for your love and support! See you soon!

xxoo

Laurena

편지 12

Dear Laurena!

Oh, you are in such a trouble! You must be irritated and nervous.
Were I be there in Portland to share with you the irritating troubles!
For the time being it, disappointedly, is not easy for me to go
over to USA.
Re the months which Mimi would prefer, will advise after meeting
Mimi again. I understood at the coffee meeting with her that
Laurena's guide for it is the most important to her.

As for the month in my opinion, she will have to take into
consideration what is Jin s' thinking.
Because she, too, would be be your student.
Probably now she is, or is going to be in Jerez to meet Maria.

Fyi, Maria is said to visit Masan in August via Taiwan
in order to teach Mimi(and Jin S Kim?) after her performance
in Taiwan.

Thinking of you.
jh

Dear joon!

How are you? We are trying very hard to get our daughter home from
Guatemala and we have run into problems with the Embassy
who has lost our documents.
It is just horrible! As far as Mimi, what months of the year would
she like the instruction?

When will you come to Portland?
I wish you could be here for my performance
may 25!

Abrazos, love,
Laurena

편지 13

Dearest Laurena!

Oh, Laurena,
Not a day passes without thinking of you!! I miss you!

My keeping silence for some time, I thought, is sure to be better
in order for the interrelationship among for 4 ladies(Laurena, Maria,
Jin and Mimi) to go alive without being interrupted by me.

I have concentration on writing in a local newspaper here
twice a month a series of essaies with the form of poetic prose
on my Spain journey and flamenco.

I miss you, dreaming of you
jh

Dear Joon!

Just a note to say that I am thinking of you and hope that you are well.
We are still waiting for our daughter- there have been so many delays.
It is very sad! I miss you and think of you often!

Love always,
Laurena

편지 14

Hi, Laurena.

Hola!

Did you get any good news from Guatemala?

Now I am writing to you in a seaside city
where I have an appointment with a painter this afternoon
regarding an art-review for her scheduled exhibition.

Last Friday saw in the newspaper my 6th article
titled 'Granada' in the letter-form to Laurena.

The seaweed smelling here brought me for a short time to the sea
in my boyhood.

love

jh

Dear Joon!

Of course, I would love to read this essay!
How exciting! I do hope that you will return to Portland next year
sometime!

Love,
Laurena

Dear Joon!

Just a note to say that I am thinking of you
and hope that you are well. We are still waiting for our daughter-
there have been so many delays.
It is very sad! I miss you and think of you often!
Love always,
Laurena

- The End -